水浒白看

王路 - 著

海天出版社

· 深圳 ·

图书在版编目（CIP）数据

水浒白看 / 王路著. —深圳 : 海天出版社,
2019.5
　　ISBN 978-7-5507-2609-3

　　Ⅰ. ①水… Ⅱ. ①王… Ⅲ. ①《水浒》评论 Ⅳ.
①I207.412

　　中国版本图书馆CIP数据核字(2019)第043861号

水浒白看
SHUIHU BAIKAN

深圳出版发行集团
海天出版社

出 品 人　聂雄前
责任编辑　简　洁　林凌珠
责任技编　梁立新
责任校对　万妮霞
封面供图　文倩男
封面设计　今亮后声 HOPESOUND pankouyugu@163.com · 小九

出版发行　海天出版社
地　　址　深圳市彩田南路海天综合大厦（518033）
网　　址　www.htph.com.cn
订购电话　0755-83460239（邮购）0755-83460397（批发）
排版制作　北京今亮后声文化传播有限公司　010-84158378
印　　刷　中华商务联合印刷（广东）有限公司
开　　本　889mm×1194mm　1/32
印　　张　9.5
字　　数　180千
版　　次　2019年5月第1版
印　　次　2019年5月第1次
定　　价　45.00元

目录

|卷 三 | 渔樵

自序

常有人说，听你讲《水浒》，觉得以前看《水浒》都白看了。这就是书名叫《水浒白看》的由来。还有另一重意思："把《水浒》看明白了"——透过打家劫舍、杀人放火的表象，看见隐藏的人心。

什么叫"看明白"呢？以"人之常情"去看。比如，石秀与杨雄萍水相逢，路上帮杨雄打了一架，就成为生死之交。这符合人之常情吗？如果这就是生死之交，那生死之交也太容易了。《好汉歌》可以唱"生死之交一碗酒"，但过命交情就值一碗酒吗？

再比如，鲁智深拉史进喝酒，路上碰见李忠，让李忠一起去，李忠一开始不去。人们都觉得李忠小气。但你想，如果你在大街上，碰见一个熟人，跟上层社会的人往高档酒店走，人家对你说：来，一块喝点儿。你会去吗？人家客套，你当真，那就不知趣了。江湖好汉也是人，人同此心，心同此理。

林冲没上梁山时，鲁智深称呼他"兄弟"；上了梁山，林冲的座次排到鲁智深前面，鲁智深再称呼他，就是"林教头"了。史进最早跟着李忠学武，后来武艺比李忠高，江湖声望也比李忠大，二人重逢，李忠在街头卖艺，史进称呼李忠"师父"，李忠却称呼史进"贤弟"。乐和唱宋江写的《满江红》，唱到"招安"，武松第一个跳出来反对，李逵第二个跳出来，宋江大喝把李逵砍了，却不敢喝武松。武松为打听武大郎死因，找到何九叔，拉到饭馆，叫酒保打两角酒，后来拉郓哥去饭馆时，却不提酒，只叫过卖造三分饭。这些细节，都是非常有意思的。

李逵母亲被老虎吃了，李逵杀了老虎，却没埋葬母亲，而是跑到庙里睡了一觉，第二天才回来埋葬。谁能在亲娘死的夜里，抛下不管，稳稳睡一大觉呢？如果说李逵孝顺，岂能符合人之常情？

此外，历来都说金圣叹评点《水浒》评得好，我是不能同意的。金圣叹先篡改水浒，再评价自己篡改的文字，说这是"古本"，妙在何处。这是很有意思的。我之所以不能赞同金氏，是因为才子之笔，诬人不浅。尤其是在评卢俊义之妻贾氏时，把一个丝毫不能左右自己命运的弱女子，剥皮抽筋，百千诬陷，打得永世不能翻身。考《水浒》原本，贾氏只是个凡人，有着一切凡人面对命运时的无能为力。我很想穿越到金圣叹的时代提醒他：贾氏是活生生的人，不是才子玩弄笔法的道具。金圣叹实在太不宽恕太不悲悯了。虽然如此，我对金圣叹"薄暮篱落，五更被卧"的孤寂冷清，也有深深的同情。我不欣赏金圣叹自诩聪明的一面，但我同情他的寂寞。

这些文章，半数写于 2015 年夏天。2015 年 9 月底写了潘金莲，年底写了武大郎、郓哥。2016 年写了《吴用之死》。2017 年写了《李逵之孝》。我在凤凰新闻时，文章发在凤凰新闻；离开之后，发了几篇在腾讯大家。其中，我最喜欢的是《潘金莲之失》《李忠之厚》《卢俊义之妻》。当时写的时候，总以为未来笔力强了，会写得更好。两年多过去，发现纵然再写，也写不出那种感觉了。观察能力也许还有，但气血已远远不胜当初。

世间诸事，大多如此。我没有什么要说的了。

卷一・山林

武松之慧，林冲之愚

林冲这个人，最大的特点是愚笨。之所以说林冲是大愚，李逵是小愚，是因为林冲的愚很隐蔽，隐蔽到表面几乎丝毫看不出，甚至还会让人——包括他自己——产生一种林冲心里很有算计的错觉。而真正误事的往往是自以为是的小聪明。李逵知道自己笨，就不会因笨而误事，误事也是小事，而林冲始终不知道自己笨，以为自己一身本事，这才是最可怕的。

有一种聪明叫藏拙，但林冲绝对不是。这可以从林冲的两次侦察事件中看出来。一次是被陆虞候骗去喝酒，给了高衙内调戏林娘子的机会。林冲后来发现上当，去找陆虞候。

林冲拿了一把解腕尖刀，径奔到樊楼前去寻陆虞候，也不见了。却回来他门前，等了一晚，不见回家。林冲自归。……林冲一连等了三日，并不见面。……第四日饭时候，鲁智深径寻到林冲家相探，……自此，每日与智深上街吃酒，把这件事都放慢了。

还有一次是刺配沧州，听李小二说陆虞候要来害他性命。

林冲大怒，离了李小二家，先去街上买把解腕尖刀，带在身上。前街后巷，一地里去寻。……当晚无事。次日，天明起来，洗漱罢，带了刀，又去沧州城里城外，小街夹巷，团团寻了一日。牢城营里都没动静。……林冲自回天王堂，过了一夜。街上寻了三五日，不见消耗，林冲也自心下慢了。

单独看，看不出来，找不到一个人很正常嘛，说明不了智商低。但万事就怕对比，让武松往这里一站，区别就出来了。

武大郎死后，武松归来，见到潘金莲哭，第一句话是："嫂嫂且住，休哭！我哥哥几时死了？得甚么症候？吃谁的药？"

"我的哥哥从来不曾有这般病，如何心疼便死了？"……"如今埋在那里？"……"哥哥死得几日了？"……武松沉吟了半晌，便出门去，径投县里来。开了锁，去房里换了一身素净衣服，便叫土兵打了一条麻绦，系在腰里，身边藏了一把尖长柄短背厚刃薄的解腕刀，取了些银两，带在身边。

林冲带解腕刀，武松也带解腕刀。出门要杀人，带刀谁都想得到。但武松不仅带刀，还带了钱，他知道办事有用着钱的时候。不仅如此，武松还换了身素净衣服。如此悲愤的时刻，连换衣服都不遗忘，可见武松之冷静。林冲是"带"了刀，武松是"藏"了刀。凭林冲和武松的本事，杀人用不上刀。林冲带刀，起到把人吓跑的作用，最后找不到人。武松藏刀，起到恫吓的作用，找到了要找的人。

"却是谁买棺材？"……"谁来扛抬出去？"……"你认得团头何九叔么？"……何九叔见他不做声，倒捏两把汗。却把些话来撩他。武松也不开言，并不把话来提起。酒已数杯，只见武松揭起衣裳，飕地掣出把尖刀来，插在桌子上。……看何九叔面色青黄，不敢吐气。武松将起双袖，握着尖刀，指何九叔道："小子粗疏，还晓得冤各有头，债各有主。……闲言不道，你只直说我哥哥死的尸首是怎地模样？"

什么人对什么事了解多少，从何人处能得到何种消息，武松一清二楚。他无比顺利地通过何九叔找到郓哥，带在身上的银子就派上用场了。

（郓哥）便说道："只是一件，我的老爹六十岁，没人养赡。我却难相伴你们吃官司耍。"武松道："好兄弟！"便去身边取五两来银子，道："郓哥，你把去与老爹做盘缠，跟我来说话。"

摸清原委后，找到西门庆也是分分钟的事。他没像林冲那样站在门口傻等，也没大街小巷乱窜。

一直奔西门庆生药铺前来。……那主管也有些认得武松，不敢不出来。……武松道："你要死，休说西门庆去向。你若要活，实对我说，西门庆在那里？"主管道："却才和一个相识，去狮子桥下大酒楼上吃酒。"……径奔到狮子桥下酒楼前，便问酒保道："西门庆大郎和甚人吃酒？"酒保道："和一个一般的财主，在楼上边街阁儿里吃酒。"

如此，差距毕见。

林冲嗅觉十分不敏感。死到临头，还一点不能察觉。鲁智深都料定公差要在野猪林结果林冲性命，林冲却毫不知情。

董超、薛霸道:"俺两个正要睡一睡,这里又无关锁,只怕你走了。……要我们心稳,须得缚一缚。"林冲道:"上下要缚便缚。小人敢道怎地。"薛霸腰里解下索子来,把林冲连手带脚和枷,紧紧的绑在树上。……看着林冲说道:"不是俺要结果你。……便多走的几日,也是死数。……明年今日,是你周年。我等已限定日期,亦要早回话。"林冲见说,泪如雨下……

碰到这关头,自己先哭了。可见林冲的傻真不是装的,就是对事情毫无预见能力。同样的经历武松也有。武松可没有鲁智深的帮助,而且,要杀武松的还是四个人。

两个公人悄悄地商议……武松听了,自暗暗地寻思,冷笑道:"没你娘鸟兴!那厮倒来扑复老爷!"……就枷上取下那熟鹅来,只顾自吃……两个公人与那两个提朴刀的挤眉弄眼,打些暗号。武松早睃见……前面来到一处,济济荡荡鱼浦,四面都是野港阔河……武松见了,假意问道:"这里地名唤做甚么去处?"……武松蓦住道:"我要净手则个。"那一个公人走近一步,却被武松叫声:"下去!"一飞脚早踢中,翻筋斗踢下水里去。

武松吃鹅,不仅是吃鹅,还起到让对方麻痹大意的效果。武松特别擅长这种手段。在孙二娘的包子铺,武松知她不怀好意，就拿些风话来撩拨她，让孙二娘以为武松色虫上脑，其实武松全识破，只是藏在心里。鲁智深已比林冲心细不少了，在十字坡依然着了孙二娘的道儿，差点丧命。而武松破解孙二娘的道儿不费吹灰之力。

　　武松取一个拍开看了，叫道："酒家，这馒头是人肉的是狗肉的？……我从来走江湖上，多听得人说道：'大树十字坡，客人谁敢那里过？肥的切做馒头馅，瘦的却把去填河。'"……武松又问道："娘子，你家丈夫却怎地不见？……恁地时，你独自一个须冷落。"……这妇人便道："客官休要取笑。……要歇，便在我家安歇不妨。"武松听了这话，自家肚里寻思道："这妇人不怀好意了。你看我且先耍他。"

　　武松是个可怕的角色。别人都以为他中了计，实际上他在将计就计。而林冲不行，高俅差人卖刀给林冲，骗林冲入白虎堂，一骗一个准儿。要是武松，岂能瞒得过他？

　　武松看了道："这个正是好生酒，只宜热吃最好。"……妇人自忖道："这个贼配军正是该死！倒要热吃，这药却是发作得快。那厮当是我手里行货！"……（武松）张得那妇人转身入去，却把这酒泼在僻暗处，口中虚把舌头来咂道："好酒！还是这酒冲得人动！"……（那妇人）便来把武松轻轻提将起来。武松就势抱住那妇人……那妇人杀猪也似叫将起来。那两个汉子急待向前，被武松大喝一声，惊的呆了。

如果林冲了解武松的手段，就知道自己与武松在智商方面的差距不是一点半点，但林冲完全不知。而最可怕的愚笨就是，自以为十分聪明。

林冲杀死陆虞候三人后，没逃多久，到一间屋里歇脚，抢人家的酒喝，结果自己喝高了，醉倒在雪地里。要不是庄客捆了他，搞不好就冻死了。庄客捆了他之后，要不是刚好被柴进撞见，就押去报官了。这种人岂是心里有谱的人？

林冲之愚还体现在上梁山时。王伦不接纳他，众人都道是王伦器量狭小，容不得人。事情没这么简单。《水浒》有一种笔法：为尊者讳，为亲者讳。《水浒》以梁山人物为中心，写梁山人物，善的地方多直笔，恶的地方多曲笔。不是不写梁山人物的不好，而是含蓄隐晦地写，在蛛丝马迹中逗露，比如宋江之好色、扈三娘之貌寝、林冲之愚、石秀之恶，都是如此。

林冲后来成了梁山泊的当权派，《水浒》的叙事是以"林冲正面"的角度展开的。于是，叙及林冲、王伦之冲突，从文字上看，过错都归于王伦，不见林冲实有以致之。

但只要细心从他处参照，就不难发露端倪。

比如杨志和曹正评价王伦。

　　杨志道："……王伦当初苦苦相留，俺却不肯落草。如今脸上又添了金印，却去投奔他时，好没志气。因此踌躇未决，进退两难。"曹正道："制使见的是。小人也听的人传说，王伦那厮心地匾窄，安不得人。说我师父林教头上山时，受尽他的气。以此多人传说将来，方才知道……"

　　杨志这番话，肯定不是客套。因为王伦、林冲都不在场，没客套的必要。所以，杨志的视角，应该是接近中立的视角。他说王伦"苦苦相留"，虽有可能是假装，也未必不尽如实。而曹正的说法里，短短一句，有三处提到是"传说"，不是亲见。这表明，"王伦那厮心地匾窄，安不得人"，是被加工过的叙事。这种叙事从哪里来呢？曹正是林冲的徒弟，可想而知了。

　　若说王伦不能容人，宋万是怎么上山的？若说梁山泊不接纳新人，为何林冲刚到山下，朱贵就告诉他："山寨中留下分例酒食，但有好汉经过，必教小弟相待。既是兄长来此入伙，怎敢有失祗应。"

　　可见，在王伦时期，梁山泊早有一套完备的"入职流程"。但入职不仅需要推荐信，还需要面试。一般人面试都没问题，林冲的面试却有点问题。按照"林冲正面"的立场进行叙事，王伦不收留林冲，仅仅是因为林冲武艺高强："倘若被他识破我们手段，他须占强，我们如何迎敌。"

但是，武艺高强不是"占强"的充分条件，杨志手段不比林冲逊色，为何王伦愿让杨志入伙呢？若从事后走向看，王伦的确有先见之明，他早看出林冲将来会"占强"，因此不敢留他。果然，最后林冲把他火并了。林冲和王伦的冲突，是互动的因果关系，绝不是简单地因为王伦器量小，林冲才杀他，而是王伦早发现林冲"占强"的动机，对他有所提防，这种提防又恰恰加重了林冲伺机"占强"的心。

且不说王伦，只说林冲何以让王伦觑破他"占强"之心，就足见林冲之愚。

林冲入伙和晁盖不一样。晁盖带的人太多了，比梁山原有头领总数都多，且原头领之间还有内讧。王伦不欢迎晁盖是很有理由的。但林冲上山时，容他一个还是容得下的。而且，王伦很可能本打算留林冲，但刚喝两杯酒，林冲就把事情搞砸了。

朱贵便道："这位是东京八十万禁军教头，姓林名冲，绰号豹子头。……"林冲怀中取书递上。王伦接来拆开看了，便请林冲来坐第四把交椅。……王伦动问了一回，蓦地寻思道："我却是个不及第的秀才，……倘若被他识破我们手段，他须占强，我们如何迎敌。"

王伦先让林冲坐第四把交椅，改变主意却是在"动问了一回"之后。这种"动问"好比面试。一般有了推荐信可以无须面试。观王伦心意的转变，只能说明林冲面试的表现太糟糕了。

究竟王伦如何动问，林冲如何回答，书上全无记载。这就是前文所说的笔法，"带立场的叙事手法"。虽然书上未明写林冲和王伦的问答，但书上写过林冲在别处喝酒后的话。一个人喝了酒爱说什么话，往往是不分对象和场合的。

林冲和陆虞候喝酒时说：

"贤弟不知，男子汉空有一身本事，不遇明主，屈沉在小人之下，受这般腌臜的气。"

王伦有本事吗？没多大本事。林冲有本事吗？他自以为有。在林冲眼里，王伦是小人吗？是。林冲愿意"屈沉在小人之下"吗？不愿意。很有理由猜测，林冲同王伦喝酒时，喝到兴起，把这番肺腑之言又抛出来了。何以证之？

林冲未见王伦时，已在朱贵酒店题过一首诗。既然见面聊开，这首诗不可能不被说到：

仗义是林冲，为人最朴忠。江湖驰闻望，慷慨聚英雄。身世悲浮梗，功名类转蓬。他年若得志，威镇泰山东。

还没上山，就要"威镇泰山东"。——反诗为什么是反诗？"敢笑黄巢不丈夫"反在哪里呢？不就是笑笑黄巢吗？凭什么抓我？——笑黄巢不仅是笑黄巢，还暴露了自身的野心。

故而知道，林冲这一席酒，一番话，一首诗，把自己的上山之路堵得死死的。——梁山泊不怕你武功高，但不能不怕你有僭越的念头。

而王伦的失败，在于太心慈手软。看到这一层，却硬不下心肠把林冲赶走。同是落第秀才，吴用够狠而王伦不够，这就是王伦不能长久为寇的缘故。

且不论王伦，只论林冲上来就被王伦看穿，就足以说明林冲之愚。并且，不仅王伦看穿了他，后来上山的吴用，也一眼看穿了他。吴用头一次见林冲，就对晁盖说："我看这人，倒有顾眄之心，只是不得已。小生略放片言，教他本寨自相火并。"

次早天明，只见人报道："林教头相访。"吴用便对晁盖道："这人来相探，中俺计了。"七个人慌忙起来迎接，邀请林冲入到客馆里面。吴用向前称谢道："夜来重蒙恩赐，拜扰不当。"林冲道："小可有失恭敬。虽有奉承之心，奈缘不在其位。望乞恕罪。"

这里又有笔法在。吴用说"小生略放片言"，次日说"中俺计了"，但吴用之计若何，所放之言若何，书中全无记载。但书中点了一句，"夜来重蒙恩赐"。可见，前一天夜晚，吴用一定私下见过林冲。而林冲面见晁盖时提此一句，"奈缘不在其位"。则林冲僭越之心，非但王伦心知，晁盖七人亦肚明。

不是说有僭越之心就愚蠢。而是，既有僭越之心，又暴露得一塌糊涂，才叫愚蠢。林冲正因如此，才成了别人手中棋子。吴用能利用林冲，也正是他比王伦更加狠毒的地方。王伦料不到初次见面好酒好肉款待的朋友会使出这种手段，所以他被干下去了。

林冲因为太愚笨，处处堵死自己的路。武松则处处有选择的余裕。林冲上梁山，王伦不接纳。武松要落草，同时有二龙山和清风寨两处选择。一处是张青推荐，一处是宋江推荐。林冲拿着柴进的推荐信，却自己堵死门路，多亏杨志才得以栖身，可见愚人之困顿未尝不是咎由自取。

宋江力劝武松去花荣山寨，武松因和宋江志向不同，执意不去。这是武松的原则。武松因为有原则在，每每化险为夷。他和林冲都被刺配过，武松极其宽裕，林冲却处处窘迫。

（差拨）指着林冲骂道："你这个贼配军，见我如何不下拜，却来唱喏？……"林冲只骂的一佛出世，那里敢抬头应答。……林冲等他发作过了，去取五两银子，陪着笑脸告道："差拨哥哥，些小薄礼，休嫌轻微。"……林冲笑道："皆赖差拨照顾。"……差拨道："既有柴大官人的书，烦恼做甚！这一封书，值一锭金子。……要打一百杀威棒时，你便只说你一路患病，未曾痊可。"……林冲告道："小人于路感冒风寒，未曾痊可。告寄打。"

武松是这样：

差拨道："……只道你晓事，如何这等不达时务？……"武松道："你到来发话，指望老爷送人情与你。半文也没！我精拳头有一双相送！金银有些，留了自买酒吃。看你怎地奈何我！"……管营喝叫除了行枷……须打一百杀威棒……武松道："……我若是躲闪一棒的，不是好汉。从先打过的都不算，从新再打起。"……"要打便打毒些，不要人情棒儿，打我不快活。"……管营道："……路上途中曾害甚病来？"武松道："我于路不曾害，酒也吃得，肉也吃得，饭也吃得，路也走得。"

此处对比，更见武松之骨气，林冲之萎苶。而林冲之愚，不仅体现在把陆虞候这样的人当朋友，还体现在坑了真正的朋友鲁智深——虽然他并非有意。

野猪林里，鲁智深救了林冲，要杀两个公人，被林冲劝住了。公人想套问鲁智深来头，以便后来报仇，鲁智深岂能上当？

两个公人道："不敢拜问师父在那个寺里住持？"智深笑道："你两个撮鸟问俺住处做甚么？莫不去教高俅做甚么奈何洒家？……"两个公人那里敢再开口。

但很快，林冲就说漏嘴了。

林冲道："这个直得甚么！相国寺一株柳树，连根也拔将出来。"二人只把头来摇，方才得知是实。

所以到第十六回，鲁智深对杨志说：

不想那个防送公人回来，对高俅那厮说道：正要在野猪林里结果林冲，却被大相国寺鲁智深救了。……这直娘贼恨杀洒家，分付寺里长老不许俺挂搭。又差人来捉洒家。

有人说，鲁智深因此对林冲怀恨。故而三山聚义时，再见林冲，鲁智深只问林娘子。这也太小觑鲁智深了。鲁智深绝不是这等小心肠的人。说鲁智深对林冲怀恨是绝无证据的，而牵挂林娘子则是金圣叹故弄玄虚的戏笔改作。施耐庵本是这样：

鲁智深动问道："洒家自与教头沧州别后，曾知阿嫂信息否？"

金圣叹改为：

鲁智深动问道："洒家自与教头沧州别后，无日不念阿嫂，近来有信息否？"

这是鲁智深自沧州一别林冲后首次再见。此后二人之言语似再无记录。金圣叹于此改作，并自批道："奇语绝倒，令人闻之，又感又笑。"

恐怕真正可笑的不是鲁智深，而是金圣叹。鲁智深问林娘子，因为鲁智深情知林冲遭遇之始末，不再担心林冲之安危，却不能不担心林冲家人之安危。金圣叹妄添"无日不念阿嫂"数字，弄巧成拙，平添妄想。若鲁智深果念林娘子，早早派人打听询问林娘子消息即可，何必此时方问林冲？

不过，这话依然有一处要紧，即鲁智深从前称林冲为兄弟；现在称林冲为教头。

这里的缘故是，此刻二人同归梁山泊，列位坐定，鲁智深位次在林冲之后。鲁智深本来是兄长，但此刻林冲地位已较鲁智深为高。鲁智深不是不晓事的人，不会人家都称某人领导的时候还称他老弟，那样的话，碰见计较的人，从前再铁的关系也被玩坏了。而林冲恰恰是很计较这些的人。只看他在柴进庄上如何表现，就一清二楚。

林冲看了，寻思道："敢是柴大官人么？"又不敢问他，只自肚里踌躇。只见那马上年少的官人，纵马前来，问道："这位带枷的是甚人？"（林冲慌忙躬身答道："……微贱林冲，闻大人贵名传播海宇，谁人不敬。不想今日因得罪犯流配来此，得识尊颜，宿生万幸。"）

林冲的表现很卑微，未见柴进时，庄客都不待见他。

林冲说道："相烦大哥报与大官人知道……"庄客齐道："你没福。若是大官人在家时，有酒食钱财与你。今早出猎去了。"林冲道："不知几时回来？"庄客道："说不定……"林冲道："如此，是我没福……"别了众庄客，……肚里好生愁闷。

林冲之卑微更体现在，既见柴进，庄客依然把他当叫花子打发。

柴进便唤庄客，叫将酒来。不移时，只见数个庄客，托出一盘肉，一盘饼，温一壶酒；又一个盘子，托出一斗白米，米上放着十贯钱，都一发将出来。柴进见了道："村夫不知高下！教头到此，如何恁地轻意……"

见了洪教头，林冲也是卑微得如同尘埃。

林冲寻思道："庄客称他做教师，必是大官人的师父。"急急躬身唱喏道："林冲谨参。"那人全不采着，也不还礼。林冲不敢抬头。柴进指着林冲对洪教头道："这位便是东京八十万禁军枪棒教头林武师林冲的便是。就请相见。"林冲听了，看着洪教头便拜。那洪教头说道："休拜，起来！"却不躬身答礼。

在柴进庄上，遭遇柴进贵客的经历，武松也有。当时是比洪教头尊贵得多的客人——宋江。

> 宋江仰着脸，只顾踏将去，正跐在火锨柄上。把那火锨里炭火，都掀在那汉脸上。……那汉气将起来，把宋江劈胸揪住，大喝道："你是甚么鸟人，敢来逍遭我！"宋江也吃一惊，正分说不得。那个提灯笼的庄客慌忙叫道："不得无礼！"这位是大官人的亲戚客官。"那汉道："客官，客官！我初来时也是客官，也曾相待的厚。如今却听庄客搬口，便疏慢了我。'正是人无千日好，花无摘下红。'"

那汉正是武松。相比之下，高下立判。林冲许多遭遇，武松都有。而二人之表现，则大异其趣。武松和林冲实在是《水浒》里的一段大互文。

林冲、武松，二人虽无太多交往，却处处互为反衬。一为马兵之头领，一为步兵之头领。林冲父亲是提辖，武艺全来自体制。武松兄长是三寸丁，武艺全来自江湖。

但武松身上的磊落与纯粹，把林冲甩了十万八千里。林冲不是个恶毒的人，却是个俗气的人。因为俗气，举手投足便暴露出小算盘，又对大是大非茫然无睹，这正是林冲愚笨处。去梁山时，要纳投名状，林冲不问是非，便说"这事也不难"。而武松从不如此，虽然武松不乏滥杀无辜的时候，但他断不肯为纳投名状而杀人。

而林冲，先说"这事也不难"，后来却难破头皮，投名状也没纳上来。没纳到投名状并不像老版电视剧《水浒》里所演，林冲是于心不忍。若真于心不忍，就不该答应。按照书上所写，是表现林冲的蠢笨。第一天，白白等过，没见到人。第二天，碰到三百人。

林冲又不敢动手，让他过去。

书上说得明明白白，是不敢动手。须知，尾随其伍，杀一个人离开，以林冲的脚力，岂怕人家追上？但林冲的脚力和眼力似乎都很不堪，第三天的事情印证了这点。

时遇残雪初晴，日色明朗。林冲提着朴刀，对小喽罗道："眼见得又不济事了……"小校用手指道："好了，兀的不是一个人来！"林冲看时，叫声"惭愧"，只见那个人远远在山坡下大步行来。

日色明朗，林冲要杀人，却看不见，反倒被小校指出来才发现。既已发现，却又没逮着。

林冲将身蹲在林子树科里，一眼觑定。只待那人来得较近，却把朴刀杆剪了一下，蓦地跳将出来。那汉子见了林冲，叫声"阿也"，撇了担子，转身便走。林冲赶将去，那里赶得上。那汉子闪过山坡去了。林冲道："你看我命苦么！等了三日，方能等得一个人来，又吃他走了。"

事到如今，林冲依然不觉得是自己水平不行，倒归结为"命苦"。如此委弃于命，亦末如之何也已矣。

林冲办事能力极差。他永远喜欢打小算盘，又永远没有大局观，偏偏又生就一身好本事，于是就特别容易被人当棋子。拥护晁盖上位的第一人是林冲，拥护宋江上位的第一人也是林冲，但无论晁盖还是宋江，都永远只是把林冲当马前卒。林冲对他们而言，只是一个工具。

但武松，宋江是很敬畏他的。初时，宋江劝武松同去花荣山寨，武松拒绝。后来梁山泊里排了座次，乐和唱宋江作的《满江红》，唱到招安，第一个反对的是武松，李逵是第二个。宋江大喝把李逵砍了，却不敢喝武松。后来，李逵被收进监牢，宋江却叫来武松给他讲自家曲衷。此时，鲁智深却替武松说话，而不见林冲有任何动静。

鲁智深和林冲本是好兄弟。遇见武松之后，鲁智深和林冲的交往书中就很少提及了。这不单因为鲁智深和武松都是步兵，而林冲是马兵。恐怕更重要的还是因为鲁智深和武松脾性相投。

一直到后来攻打方腊，鲁智深也是每每和武松一处。拿住方腊的人，施耐庵小说中写的是鲁智深，而民间话本里却常常流传武松独臂擒方腊的说法。总之，是武松、鲁智深二人的戏份，都和林冲无缘。

鲁智深圆寂在六和寺。林冲与武松也都卒于此地。智深圆寂之夜，尚与武松同在。

且说鲁智深自与武松在寺中一处歇马听候。看见城外江山秀丽，景物非常，心中欢喜。是夜，月白风清，水天共碧。二人正在僧房里睡。

此夜，智深圆寂，武松从此作别梁山众人。

当下宋江看视武松，虽然不死，已成废人。武松对宋江说道："小弟今已残疾，不愿赴京朝觐。尽将身边金银赏赐，都纳此六和寺中陪堂公用。已作清闲道人，十分好了。哥哥造册，休写小弟进京。"宋江见说："任从你心。"武松自此只在六和寺中出家。后至八十善终。……林冲风瘫，又不能痊，就留在六和寺中，教武松看视。后半载而亡。

三人结局如此。安排武松照顾林冲，是极好的写法。——武松这等人，就算残废了，依然有力量照料林冲。林冲虽有一身本事，到头来，还得残废的武松来照料。

由此可知，一个人的存在感，不在武力如何，而在有无志气。三军可夺帅也，匹夫不可夺志也。林冲有三军之帅的武艺，却不是个有志匹夫。

当年，呼延灼斗过鲁智深和杨志，说了一句话："这两个武艺不比寻常，不是绿林中手段。"这意思书中出现了两次。含义是，江湖出身的人，不单在梁山泊的座次排不到前边，就连武功，也绝不是正规军之对手。

但武松与林冲的遭际，却对二人的出身形成了反讽。林冲这等禁军教头出身的人，要一辈子靠人拯救才活下来。而武松，单凭一双拳头一颗头颅行走江湖。武松是只恃己力的人，而林冲是寄生者。

要打蒋门神时，旁人恐武松气力未足，武松呵呵大笑，问："那蒋门神还是几颗头？几条臂膊？"

武松一身头陀装束，却造了不少口业，平生夸下海口无数。早先打趣问蒋门神有无三头六臂，最终，自己断了一臂。这一臂是如此断的：

……包道乙祖是金华山中人，幼年出家，学左道之法……但遇交锋，必使妖法害人。有一口宝剑，号为玄天混元剑，能飞百步取人……鲁智深、武松一路杀来，正与郑彪交手。那包天师在马上见武松使两口戒刀，步行直取郑彪，包道乙便向鞘中掣出那口玄天混元剑来，从空飞下，正砍中武松左臂，血晕倒了。却得鲁智深一条禅杖，忿力打入去。救得武松时，已自左臂砍得伶仃将断。却夺得他那口混元剑。武松醒来，看见左臂已折，伶仃将断，一发自把戒刀割断了。

砍伤武松臂膊的，不是别的剑，是玄天混元剑。一般的剑，不配砍伤武松臂膊。而且，是行了妖法，趁武松之危，飞来斩伤。于此犹嫌不足，更重要的是，玄天混元剑虽砍中武松臂膊，却不能断它。是武松自己使戒刀断了左臂。故知，武松左臂之断，其神勇绝有过于毫发未伤者。而另一重隐喻是，成为废人是武松自己的选择，非为外力所迫。

若论起来，右臂比左臂更擅长使刀，更何况武松一双腿上功夫在飞云浦已威风显露。区区一条左臂又岂足以令武松成为废人？只是武松是看重朋友的人，梁山一众人与武松的关系都不如智深。智深既亡，武松就不走了。

智深亡去，武松虽已残废，却有余力看视林冲。而林冲也只活了半载。武松直至八十而善终。

整部《水浒》里，林冲最令我悲哀的，不是娘子被高衙内调戏时，不是刺配道上被董超、薛霸捉弄时，而恰是柴进有心抬举他时：

> 柴进心中只要林冲把出本事来，故意将银子丢在地下。

林冲先前不敢使出本事，至此，终于不再顾忌，上前打坏了洪教头之腿。呜呼，堂堂八尺之躯为银钱驱驰如此，讵知当时孰为可悲可叹者耶！

石秀之恶

《水浒》里，很多人喜欢石秀。金圣叹说："杨雄与石秀，是石秀写得好。然石秀便是中上人物，杨雄竟是中下人物。"我也以为石秀比杨雄写得好；但在我眼里，杨雄是中下人物，石秀却是下下人物。

只看祝家庄偷鸡一节，就惹人讨厌。时迁偷鸡来，杨雄骂他贼手贼脚，石秀倒是笑笑说："还不改本行。"店小二来问，时迁不认，石秀让赔他几个钱完了，店小二不同意，石秀就大怒："你诈哄谁，老爷不赔你便怎地？"

假如今天碰到这种人，我们会觉得他是英雄好汉，还是恶棍流氓？

所以，到二人上梁山时，晁盖一听就要把他们拉出去斩了。但宋江劝住了。这就是晁盖、宋江二人的歧趋：一个有原则，有底线；一个无原则，无底线。

石秀和杨雄的结拜也很草率。路上偶然相逢，石秀帮杨雄打了一架，杨雄就要结拜兄弟；不仅结拜兄弟，还把石秀拉到家里住，让老婆"安排石秀衣服巾帻"。如果生死之交可以来得这样轻易，这种生死之交就有如鸿毛。

杨雄因为石秀一句话而相信老婆与人通奸，要找她算账。还没算账，先被知府请去花园耍棒，又赏了酒，喝得大醉。醒来之后，因为老婆一句话而相信石秀调戏过她，把石秀赶出家门。这是典型的没脑子的行事作风。

石秀被赶出家门，觉得不忿，杀了裴如海和头陀。刚杀完人，本来该好好躲起来，而且杨雄这种无脑之人已经不必再交往了，石秀却冒着被抓的风险，找到杨雄。他找杨雄是有目的的，目的并不是简单地证明自己的清白，因为杨雄听说死人就已经相信了石秀的清白。

杨雄说："是我一时愚蠢不是了，酒后失言，反被那婆娘瞒过了……我今夜割碎了这贱人，出这口恶气。"石秀却不让杨雄杀，建议杨雄把潘巧云带出来，"当头对面，把这是非都对得明白了，哥哥那时许与一纸休书，弃了这妇人，却不是上着？"

不让杀而让休，这才是石秀找杨雄的真正目的。"对得明白"只是个幌子。按说，杨雄已对石秀再无怀疑，石秀又何必再三要求对得明白呢？石秀说："倘或是小弟胡说时，却不错杀了人？"——人家明明一点都不怀疑你胡说，你又何必假定自己胡说？杨雄依了他，答应第二天当面对质，石秀临走却补一句："小弟不来时，所言俱是虚谬。"

我特别讨厌赌咒发誓的人。一个人如果随随便便就赌咒发誓，一定不可与之交。观石秀如此反复要证清白，令人生厌。石秀见杨雄，除了建议不杀潘巧云外，还有一个要求，明日"带了迎儿同到山上"。

迎儿是潘巧云的丫鬟。其实，"带了迎儿同到山上"可以不用特别吩咐，丫鬟陪女主人出门是应有之义。便是丫鬟不去，也无关紧要。但石秀专门提出，定要迎儿来。不仅石秀提出，杨雄回家也特地安排，"叫迎儿也去走一遭"。如果石秀不上街找杨雄，结果就会是杨雄当天晚上杀死潘巧云，迎儿不会死。但第二天上翠屏山的结果是，迎儿先死了。

石秀要求迎儿上翠屏山，对杨雄说："此事只问迎儿，便知端的。"杨雄对迎儿说，"实对我说，饶你这条性命。但瞒了一句，先把你剐做肉泥。"迎儿说了一番话，并保证"只此是实，并无虚谬"。如果杨雄是个言出必践的汉子，就该饶了迎儿。石秀却等迎儿说完，递过刀给杨雄："这个小贱人留他做甚么，一发斩草除根。"杨雄就一刀把迎儿砍成两段了。

迎儿的罪，没有死的道理。而且，迎儿完全是向着石秀说话："（娘子）又与我几件首饰，教我对官人说石叔叔把言语调戏一节。这个我眼里不曾见，因此不敢说。"

迎儿说完，石秀补充一句："哥哥得知么？这般言语，须不是兄弟教他如此说。"——哪个说过迎儿的言语是你石秀教的呢？石秀靠迎儿证了自己的清白，转身就让杨雄杀迎儿。迎儿"却待要叫"，就被砍作两段了。可能有话，但已来不及说了。

石秀要证的清白是什么呢？在石秀被赶出家门的当天早上，潘巧云对杨雄说："昨日早晨，我在厨下洗脖项。这厮从后走出来，看见没人，从背后伸只手，来摸我胸前道：'嫂嫂，你有孕也无？'被我打脱了手。"

翠屏山上，杨雄应石秀的要求，要二人对个明白。

潘巧云说："哎呀！过了的事，只顾说什么。"潘巧云并不承认此事乌有。石秀又瞪她，让她说个明白。她说："叔叔，你没事自己提这个做甚么。"这时候，石秀把裴如海和头陀死时的衣服扔在潘巧云面前，潘巧云不言语了。——但依然没有承认石秀调戏她为虚。

直到石秀让杨雄问迎儿，迎儿说"眼里不曾见"之后，潘巧云才说，"实是叔叔并不曾恁地"。

但迎儿"眼里不曾见"并不能说明此事乌有，潘巧云先前已说过，石秀"看见没人"才调戏她。那么，就把时间回放到那一天早上，看看书上的记载，都发生了什么。

石秀想捉潘巧云的奸不是一天两天了，"每日五更睡觉，不时跳将起来，料度这件事"。终于在这天早上，"去门缝里张时，只见一个人，带顶头巾，从黑影里闪将出来。和头陀去了。随后便是迎儿来关门"。

当时，石秀想："哥哥如此豪杰，却恨讨了这个淫妇，倒被这婆娘瞒过了，做成这等勾当。"

按理来说，以"拼命三郎"的性子，当时就应该抓住裴如海和头陀杀掉，再去告诉杨雄。甚至不抓不杀也可以，总该第一时间告诉杨雄。这才符合石秀一贯的作风。石秀也的确很着急，"巴得天明"。但等到天明，石秀倒不急了——"巴得天明，把猪出去门前挑了。卖个早市。饭罢，讨了一遭赊钱，日中前后，迳到州衙前来寻杨雄。"

岂不蹊跷？杨雄跟他尚是陌生人时，路见不平，石秀立马拔刀相助。他的性格是风风火火的。"巴得天明"却又磨蹭到"日中前后"，可见并不是着急告诉杨雄，难道是着急卖猪？

潘巧云说石秀摸胸问她怀孕，正是这一天早上。石秀这一天早上在做什么呢？——"讨了一遭赊钱。"

讨赊钱，意思是把欠的东西要回来。究竟是找谁讨，讨什么，书上没有明说。但其实，潘巧云有欠石秀的地方。

石秀刚住进杨雄家里，杨雄吩咐潘巧云"安排石秀衣服巾帻"，这一点，潘巧云没做好。书上有证据："过了两个月有余。时值秋残冬到，石秀里里外外身上，都换了新衣穿着。"

这新衣裳，是潘巧云安排的吗？不是。何以见得？

石秀一日早起，五更出外县买猪。三日了，方回家来。只见铺店不开。却到家里看时，肉案砧头也都收过了，刀仗家火亦藏过了。石秀是个精细的人，看在肚里，便省得了。自心中忖道："常言：人无千日好，花无百日红。哥哥自出外去当官，不管家事。必然嫂嫂见我做了这些衣裳，一定背后有说话。又见我两日不回，必有人搬口弄舌。想是疑心，不做买卖。我休等他言语出来，我自先辞了回乡去休。自古道：那得长远心的人。"

可见，石秀住到杨雄家方才两个多月，和潘巧云之间就不对付了。这是石秀第一次要走。原因是误以为店铺要关门歇业，歇业的缘故是"必然嫂嫂见我做了这些衣裳，一定背后有说话"。直到潘公解释，肉店不开门是有别的缘故，才打消了石秀一时疑虑。

而到后来，杨雄真正赶石秀走时，用的是什么手段呢？

依然是让肉店关门。石秀见状，立刻明白"倒吃这婆娘使个见识，拟定是反说我无礼"。为什么石秀明白得这么快？前一番石秀误以为肉店要关门，也首先想到潘巧云对他有看法，这样，前后文就暗中呼应起来了。

冬天穿新衣服并不稀罕，但里里外外都换新衣，就有些不正常了。有理由猜测：你不安排我的衣服，我偏里里外外都穿新衣服给你看。这符合石秀的性格。

到杨雄真赶石秀走的时候，石秀去作坊里收拾包裹，辞别了。辞别潘公时说了一句话："小人在宅上打搅了许多时，今日哥哥既是收了铺面，小人告回。账目已自明明白白，并无分文来去。如有毫厘昧心，天诛地灭。"明知道收铺面根本不是因为账目，却对着账目赌咒发誓。

如果接受石秀入住杨雄家不久就和潘巧云不合的假定，后面的一切就顺理成章了。石秀对裴如海起疑心，并不是在裴如海有了可疑的行迹之后。而是，甫一见裴如海和潘巧云说话，石秀就深深怀疑他不是好东西，去偷窥，去偷听。

读者往往觉得，石秀之所以上来就怀疑裴如海，偷窥潘巧云，只是因为石秀心细眼亮，而不是因为石秀对潘巧云有特别的想法，有积攒的宿怨。之所以有这种感觉，是因为《水浒》有两处，明明写了石秀的正派。正因为写得太明，把上文所指出的一切疑情都遮却了。但若细考这两处，都未尝不可以有另一种理解。

一处是裴如海和潘巧云谈话时：

> 人道色胆如天，却不妨石秀在布帘里张见。石秀自肚里暗忖
> 道："莫信直中直，须防仁不仁。我几番见那婆娘，常常的只顾
> 对我说些风话。我只以亲嫂嫂一般相待。原来这婆娘倒不是个良
> 人。莫教撞在石秀手里，敢替杨雄做个出场，也不见的。"

"人道色胆如天"，裴如海色胆如天，但色胆如天的岂止
裴如海？"莫信直中直，须防仁不仁。"潘巧云当得起这句，
但当得起这句的岂止潘巧云？"我几番见那婆娘，常常的只
顾对我说些风话。"几番说风话，何不一番而止之？

"我只以亲嫂嫂一般相待。"亲叔叔对亲嫂嫂起淫欲邪心
的，世间岂少了？"原来这婆娘倒不是个良人。"知此一层，
石秀喜耶？怒耶？亦喜亦怒耶？"莫教撞在石秀手里，敢替
杨雄做个出场，也不见的。"杨雄是潘巧云夫家，做叔叔的，
何敢"替杨雄做个出场"？

另一处，潘巧云说石秀调戏他时，有诗为证：

> 可怪潘姬太不良，偷情潜自入僧房。弥缝翻害忠贞客，一片
> 虚心假肚肠。

此诗也可以两解。一解如通常的解法，四句都是说潘巧云。只有"忠贞客"三个字说石秀。另一解，前两句说潘巧云，后两句说石秀。"弥缝翻害"，正是"忠贞客"的行径。忠贞客之忠贞，只是表面，"一片虚心假肚肠"才是内里。

如果这两处都能体会到第二解的意思，就不难理解，为何石秀在发现潘巧云奸情的那天早上，并不着急找杨雄，而去"讨了一遭赊钱"。赊的是什么？可想而知。

如果这两处都作第一解看，则石秀是个绝不好色的人，那么，就无法解释石秀第一次见潘巧云时，施耐庵的下笔。

《水浒》写人物出场，通常只下"但见"两字。而写潘巧云出场，却是以石秀的眼：石秀看时，但见——

黑鬒鬒鬓儿，细弯弯眉儿，光溜溜眼儿，香喷喷口儿，直隆隆鼻儿，红乳乳腮儿，粉莹莹脸儿，轻袅袅身儿，玉纤纤手儿，一捻捻腰儿，软脓脓肚儿，翘尖尖脚儿，花蔟蔟鞋儿，肉奶奶胸儿，白生生腿儿。更有一件窄湫湫、紧揞揞、红鲜鲜、黑稠稠，正不知是什么东西。

这是看见的吗？不，这是想象的。是意淫。"肉奶奶胸儿，白生生腿儿"，怎么可能第一次当着夫家的面就让小叔子看到？而最恶毒的是最后一句，说"正不知是什么东西"，并不是真的不知，而是说不出口。这是施耐庵的辈处理。只要知道"湫"的意思是水池，就不难猜出最后一句说的"是什么东西"。这是石秀第一眼见潘巧云时心里琢磨的，而石秀其人可知。石秀何以对裴如海之奸情明察秋毫呢？盖因对潘巧云始终有觊觎之心而未尝得手。

杨雄这个大糊涂蛋，不仅安排石秀住在自己家里，还让潘巧云安排他的衣服。而书中故事极为对称的是，潘巧云临死之前，杨雄对石秀说："兄弟，你与我拔了这贱人的头面，剥了衣裳，我亲自伏侍他。"石秀便把妇人头面首饰衣服都剥了。

注意，这里是杨雄要杀潘巧云，用的却是"伏侍"一词。杨雄"伏侍"潘巧云，剥她衣裳的却是石秀，正应了石秀那句心思："莫教撞在石秀手里，敢替杨雄做个出场，也不见的。"

以命妻子安排兄弟衣服始，以命兄弟剥去妻子衣服终，杨雄之卑劣于此可知。而石秀之卑劣狠毒，有更甚于杨雄者，观其用迎儿而杀迎儿可知，观其不亲杀迎儿而劝杨雄杀迎儿可知。若杨雄杀迎儿而休潘巧云，恐有深中石秀之下怀者。

李忠之厚

世态从来都是很势利的。如果一个人有本事，哪怕德行有亏，有时也会被尊重和赞叹。反过来，一个人品行不错，本事不大，有时倒容易被嘲讽和蔑视。

《水浒》里的李忠，是一个被读者嘲笑的人。能嘲笑他还算好，恐怕大多读者把他给忘掉了。唯一没有忘掉的，就是他的小气，这几乎是李忠留给读者的所有印象。在一伙强盗中难得有个厚道的人，却是受鄙夷的。

李忠的出场，有一明一暗两处。明处是在街边耍枪棒卖膏药。当时鲁达，也就是后来的鲁智深，在茶馆碰见史进，互通姓名，知道是史大郎，就拉他去喝酒。路上，碰见李忠卖药。史进说，这是教我开手的师父。

这体现三重意思。一重是点明前边李忠的暗出场。史进当初碰见八十万禁军枪棒教头王进，见识了王进的武艺，说："我枉自经了许多师家，原来不值半分。"李忠就包含在这"不值半分"里面。

李忠水平不行。绰号"打虎将"，带着一股山寨气。梁山好汉谁打不了虎？提都不屑提，他还摆到台面上。鲁达一开始就没把李忠放在眼里，说："既是史大郎的师父，同和俺去吃三杯。"

这句话极不尊重。看老师的面子，请弟子吃饭，倒还可以。看弟子的面子，请老师吃饭，就是对老师的莫大侮辱了。"打虎将"在江湖上行走这么多年，都没有他刚出道的弟子面子大。李忠一出场，就被人看低了两眼。

在街边卖膏药，本身就说明地位卑贱。《水浒》里，在街边耍棒卖药的除了李忠，还有一位薛永。薛永也是不才，卖膏药前没和当地黑社会穆弘、穆春打招呼，以致求告一圈，没有一个看客丢钱。但书上还没有把薛永本事写得太次，因为他马上把穆春打翻了。实际上，卖膏药的人虽然水平不高，但也不是烂到渣。李忠至少把周通打败了。《水浒》写李忠，也是上来先写他不行，然后一笔一笔把他写得越来越好。只是众人读书粗心，都不细看。

鲁达让李忠一块去喝酒，李忠说"待小子卖了膏药，讨了回钱，一同和提辖去"。这话是很尊重的。自称"小子"，解释了自己的窘迫，要先"讨了回钱"，表示自己穷——

穷人最怕跟有钱人一块喝酒，喝吧，消费水平太高，承受不起；蹭人家的吧，过意不去。

李忠这么说，从情理上看，未尝不是借口和托辞。你想想，人家俩要喝酒，打路上看见你，也不熟，随口请你来；你要真去，也有点太不把自己当外人了。何况李忠和鲁达地位悬殊。李忠初见鲁达，并不了解他是真心还是假意，所以先退一步。如果鲁达是客套，就顺坡下驴；如果鲁达真心相邀，也不妨去。

不过，鲁达虽不是客套，却比真心相邀还让李忠尴尬。他说："谁奈烦等你，去便同去。"意思是，爱来不来，多你一个不多，少你一个不少，你原本是可有可无的。

换个气性大的人，梁山的任意头领，恐怕十之八九听了都会暴怒，这相当于在大街上被打脸了。但李忠依然很客气。他没有拒绝鲁达，也没有答应他，只说："小人的衣饭，无计奈何。提辖先行，小人便寻将来。贤弟，你和提辖先行一步。"

照我理解，李忠的意思是，你们俩去吃，等吃到差不多，喝到差不多，我再去见个面，尽到礼数，仅此而已。穷人怕买单，不买单又不好意思，只好等人家吃完再去打个卯，这是很有分寸很得体的考虑。史进称呼李忠师父，李忠称呼史进贤弟，可见李忠极其知礼。他知道自己身份卑微，绝不以教过人家开手自居。

碰到别的提辖，这事就罢了，就没有下文了。鲁达偏偏不吃那一套繁文缛节，他让围观的人"挟着屁眼撒开"，不然就打。这等于砸了李忠的场子。但李忠不怒，一边赔笑，一边跟他俩去喝酒了。为什么我说李忠不怒呢？因为第二天鲁达出事杀人逃跑后，李忠反倒去找史进商议，如果李忠真对鲁达有意见，就袖手不问了。

喝酒时，鲁达听见有人啼哭，就摔了碟子问怎么回事，知道金老汉的女儿被镇关西郑屠霸占，鲁达摸出身上五两来银子。又问史进要，史进掏出十两。鲁达又找李忠"借"，李忠摸出二两来银子。鲁达嫌少，说他"也是个不爽利的人"，就把十五两银子给了金老汉，把二两来银子丢还了李忠。

二两银子，对于街边卖膏药的，已经不是小数了。李忠摸出的不是二两整，而是"二两来"银子。鲁达摸出"五两来"，说明他把身上银子掏光了。史进拿出一锭十两，表示身上还有不少。而李忠摸出"二两来"，虽不知身上还有没有，但至少连零头也一起给，是不怕显露自己的窘迫。而鲁达依然嫌太少，把二两来银子丢还他，不啻当众又扇他一耳光。

正如金圣叹的评价："二两不预此数，可不为之大衰乎？"又说："胜骂，胜打，胜杀，胜剐，真好鲁达。"仅此便知金圣叹实无见地。史进之十两，不算多；李忠之二两，不算少。射不主皮，为力不同科。李忠身家岂可和鲁达、史进相比？二两来银子不知要卖多少天膏药。不体恤此，却嘲笑李忠，可乎？

李忠再出现，是在桃花山。桃花山是座小山头，本来头领是周通，绰号小霸王。也是一样洋溢着山寨气息。周通引一帮小喽啰下山打劫，劫上李忠，打不过他，就留李忠在山上为寨主，坐第一把交椅。后来，周通霸占山下刘太公的独女，要跟她成亲。恰巧被鲁智深撞到，把他修理了一顿。

周通跑回山上求救，当时是夜里，李忠二话不说，备马下山了。只这一点就能看出李忠并不是"不爽利"。李忠问打周通的人本事了吗？没问。只听周通说自己差一点被打死，"哥哥与我做主报仇"，当即下山。万一自己送了性命呢？李忠不问。李忠不是没头脑的人，却于此不问，这种人不爽利，什么人爽利？

这也能看出来，为什么周通甘愿把李忠留在山上，把第一把交椅让出来。不是李忠自己要求上山，而是周通留他的。刚才说，史进隔着人群喊李忠，体现三重意思，前边只说了一重。还有两重，就是史进之义气，李忠之厚道。

史进是个非常自负的人。第一次见王进，根本不放在眼里。直到王进亮了本事，才深为叹服，把从前的师父都贬得一钱不值。按本事论，李忠自然在一钱不值之列。对这样的人，史进却不鄙弃，隔了人群喊他，不单说明史进的义气，也暗示了李忠的朴厚。

李忠下山找打周通的和尚，马上喝道："那秃驴在那里，早早出来决个胜负。"鲁智深上前就骂，边骂边抢起禅杖。李忠逼住枪，叫道："和尚且休要动手，你的声音好厮熟，你且通个姓名。"

这个本事，恐怕梁山再没第二个人具备——和一个人只有一面之交，隔了很久，却还熟悉他的声音。这种人不是薄情之辈。这个细节，一方面反映了鲁智深声音的典型，另一方面反映了李忠落拓江湖的不易。"贵人多忘事"，"不贵"的人，遍尝人世艰辛和酸楚，才对这些倍加留意。

听得声音熟，李忠立马改口，方才叫"秃驴"，现在叫"和尚"。这种转变不是人人可以做到的。尤其是混江湖的人，他们都爱面子。换做李逵，可能要说："秃驴休骂！且先报上名来。"但李忠，对方还未通姓名，正骂自己，自家已先改口。虽然熟悉的声音也可能是仇家的，但李忠先不往仇家处想，先往朋友处想。可见，李忠是对陌生人抱有善意并且很谨慎的人。

知道是鲁智深，李忠立马拜倒。先前鲁智深是提辖，李忠在江湖卖药，李忠尊重鲁智深；而今鲁智深是通逃的杀人犯，李忠是一寨之主，李忠依然尊重鲁智深，并不计较鲁智深打过自己的脸。

第一次见鲁达，鲁达地位比李忠不知道高多少，李忠不曾下拜。第二次见鲁智深，鲁智深的境遇已不如李忠，李忠却下拜。考李忠之所以下拜，却不在鲁智深功夫比自己高，而在鲁智深打死镇关西。李忠后来对周通介绍时说，这就是我常跟你提起的三拳打死镇关西的人，可见李忠之所以敬鲁智深，不在他的功夫，而在他的义举。李忠之虚己服善，于此可见。

鲁智深要李忠做周通的工作，放过刘太公的女儿。李忠当即说："这个不妨事。"不问周通愿意不愿意，就替周通做了主。这看似简单，却不容易。换个人，可能只是说，哥哥放心，我回头好好跟周通沟通沟通。万一周通不听劝呢？

扮演这种角色，两头至少得罪一头。答应鲁智深，就得罪周通；向着周通，就得罪鲁智深。但李忠是个做事很有智慧的人，他请鲁智深当时就上山，并叫刘太公也一起 —— 如果鲁智深不上山，一者周通那边不好说服，二者鲁智深也未必相信李忠能解决。鲁智深和刘太公既然上山，周通无论心里如何想，面子上已经没法不答应了。

周通第一眼见到鲁智深时还是很怒的。到手的老婆飞了，自己还差点被打死，周通不可能开心。绝对不会因为他是三拳打死镇关西的鲁达，周通就忘掉自己丢了老婆的不愉快。面上看，李忠、周通椎牛宰马，安排筵席招待鲁智深，但周通心里肯定是非常不爽的。

正因如此，鲁智深不可能留在桃花山。如果鲁智深留在桃花山，周通不仅老婆没了，第二把交椅也坐不成了。这就太坑周通了。作为鲁智深和周通之间的斡旋者，李忠也不能让周通太吃亏。所以，书上说："住了几日，鲁智深见李忠、周通不是个慷慨之人，作事悭吝，只要下山。两个苦留，那里肯住。"

说"苦留"，实际上只是面子上的敷衍。之所以表现得不慷慨，说到底还是因为不想真留。所以鲁智深推说已经出家，不能落草，李忠和周通立马不再劝了。二人说："哥哥既然不肯落草，要去时，我等明日下山，但得多少，尽送与哥哥作路费。"这就可见"苦留"是假，赶人是真了。

这里还有个问题。就是李忠、周通并不把已有的金银给鲁智深，倒说明天下山，打劫了多少，就送给鲁智深多少，一般来看，这也是李忠小气的一个证据。但事情往往不像表面看起来的那么简单。

第二天，安排送别鲁智深的筵席，金银酒器都摆放到了桌上。要说压根儿没打算把这些给鲁智深，摆到桌上什么意思？而且，不惟摆上桌，还在正要入席饮酒的时候，小喽啰来报，要下山打劫，然后李忠、周通就走了。为什么不头一天打劫，第二天一起好好喝了酒再走呢？

所以我说，把这些金银送给鲁智深，本来就是李忠的主意。但李忠不能明提。明提，周通就不满意，桃花山上的小喽啰就不满意——让你当老大，我们为你卖命，你倒好，请来个把我们打一顿的人，椎牛宰马招待，完了还把我们辛苦弄来的钱给他。谁愿意拿自己的东西给老大做人情呢？纵然李忠有这种想法，也不能这么干。这么干，对鲁智深厚道了，对自己的小兄弟却不厚道。

所以，下山打劫时，李忠和周通两人都去了，不仅两人都去，还把喽啰几乎全都带下山了，就留一两个伏侍鲁智深饮酒。

鲁智深果然没有辜负李忠，心想："这两个人好生悭吝。见放着有许多金银，却不送与俺，直等他去打劫得别人的送与洒家。这个不是把官路当人情，只苦别人。洒家且教这厮吃俺一惊。"然后把两个小喽啰捆了，自己卷了桌上金银酒器，从后山溜了。

这种事，肯定是李忠一个人的安排，绝对不会是与周通的合谋。为什么？

二人返回山上时，周通发现鲁智深卷了金银跑了，就骂："这贼秃不是好人。倒着了那厮手脚。却从那里去了？"寻到后山，知道他滚下山了，又骂："这秃驴到是个老贼。这般险峻山冈，从这里滚了下去。"从周通的骂，可以看出，他对鲁智深很有意见。只是鲁智深在时不便表现罢了。

　　李忠道："我们赶了去，问他讨，也羞那厮一场。"周通道："罢，罢！贼去了关门，那里去赶。便赶得着时，也问他取不成。倘有些不然起来，我和你又敌他不过。后来倒难厮见了。不如罢手。后来倒好相见。我们且自把车子上包裹打开，将金银段匹，分作三分。我和你各捉一分，一分赏了众小喽罗。"李忠道："是我不合引他上山，折了你许多东西。我的这一分都与了你。"周通道："哥哥，我和你同死同生，休恁地计较。"

　　书上"也羞那厮一场"之后标的是句号。依我看，标问号更好。因为李忠显然只是提议，不是命令。这么提议，就是要让周通自己排除掉这种选择。这样，周通就不会对李忠有什么怨念了。

　　而且，你看李忠的语气，完全没有破口大骂鲁智深"秃驴""忘恩负义"，等等，只是说"问他讨，也羞那厮一场"，就可料定这种结果根本不在李忠意料之外。

　　有意思的是，后面金银怎么分，却不是从李忠口里说出来。虽然李忠是第一把交椅，提分配方案的倒是周通。而周通提之后，李忠却主动说，自己的一份都不要了，全给周通。这可见，李忠其实一点都不小气。不仅不小气，还相当会安排处理事。这就是为什么他引鲁智深上山坏了周通的好事，周通倒原谅他。

桃花山一节，刘太公、鲁智深、周通，三者有强烈的利益冲突，而李忠斡旋其中，从来没有厚此薄彼。对刘太公，没有不厚道；对鲁智深，没有不厚道；对周通，也没有不厚道。

因为李忠这一节处理得允当，很久之后，呼延灼打桃花山，桃花山无力抵挡，李忠才能提出向鲁智深求救的建议。

周通道："小弟也多知他那里豪杰，只恐那和尚记当初之事，不肯来救。"李忠笑道："他那时又打了你，又得了我们许多金银酒器去，如何到有见怪之心，他是个直性的好人。使人到彼，必然亲引军来救应。"周通道："哥哥也说的是。"

李忠这一笑，就表明他料定鲁智深会救。还说鲁智深"是个直性的好人"。回想当初，桃花山上留不下鲁智深，要赶鲁智深走，若想不至于日后陌路，最好的办法就是让鲁智深走时欠他们一个人情。

自此以后，李忠就没什么戏份了。他留给读者的印象，多是悭吝和武功低微。但他的为人，在梁山中实在是佼佼者。说他是佼佼者，观李忠之待人，与人之待李忠，就不难发现。

当初李忠和鲁达、史进一起喝酒，第二天，鲁达就打死了镇关西，卷金银跑了。李忠去寻史进商议，史进也不见了。李忠才慌忙走掉。本来他跟鲁达没有任何交情，鲁达出了事，有可能波及他和史进。史进没来找李忠商议，李忠却去找史进商议，可见李忠之厚。鲁智深偷了桃花山的金银酒器，李忠倒心里认定他是"直性的好人"，可见李忠之恕。

呼延灼攻打桃花山，周通六七个回合就不行了。李忠又和他斗。斗了十合之上，看不对头，逃上山，周通从半山腰里扔鹅卵石来挡呼延灼。看这两个菜鸟合伙抵挡一个高手，又见兄弟之情义。让李忠坐第一把交椅，是周通对李忠的尊重。让周通分配财富，是李忠对周通的尊重。正因为彼此尊重，二人才能长久搭伙计。

二人出生入死一直到打方腊。但二人终究都是武功低微的人。那一次，卢俊义见山岭险峻，派欧鹏、邓飞、李忠、周通四个探路。若非卢俊义糊涂，差这四个人上去其实等于送死。果然，厉天闰冲下来，一刀斩了周通。李忠带伤走了。再走得晚点，就都没命了。书上没说欧鹏、邓飞带伤，只说李忠带伤，亦可推知李忠必和厉天闰拼过两下。明知不敌，还力拼至伤，可见李忠之义。

不久，李忠和史进、石秀、陈达、杨春、薛永一起，被庞万春一伙乱箭射死。死得平平淡淡，没有任何特色。不像鲁智深的坐化，倒是悲剧中的一重欢喜。一个功夫低微的好人的寥落，就这么轻描淡写地化在书中，不着痕迹。这也是为何此文要专说李忠，以彰小人物之佳胜。我们都是没有大本事的人，但并不妨碍我们做个好人，默默无闻的好人。再回到李忠第一次出场时，是这样的：

> 分开人众看时，中间里一个人仗着十来条杆棒，地上摊着十数个膏药，一盘子盛着，插把纸标儿在上面，却原来是江湖上使枪棒卖药的。史进看了，却认的他，原来是教史进开手的师父，叫做打虎将李忠。史进就人丛中叫道："师父，多时不见。"李忠道："贤弟，如何到这里？"

这是全书第三回，回目叫——"史大郎夜走华阴县　鲁提辖拳打镇关西"。这时，梁山头领还散在各处，而史大郎和鲁提辖的名声已经响亮了。更不要说以后的宋公明，到得哪里，只要报上名字，总会让强人肃然起敬，伏地便拜。而真正忠厚朴实的打虎将，却只能流落街边，做个使枪卖膏药的。等故事终了，大凡记得他的人，也只记得他的"不爽利"，记得他武功低微，而不解他之忠厚。呜呼，世事大率类此，岂不悲哉。

鲁智深之俗

鲁达与鲁智深

鲁智深是个僧人,不是俗人。宋江称呼鲁智深"吾师",这是很尊贵的待遇。那个时代还不像今天老师满天飞,卖保险的都是老师。一日为师,终身为父。鲁智深的辈分一下提到宋太公的级别了。实际上,他和梁山其他头领年纪相仿。

鲁智深因为僧人身份,享受到称呼上的殊荣。但他并不需要践行僧人的戒律。酒照样喝,肉照样吃。不仅如此,他还比其他僧人更有佛性,虽然杀人放火,日后早晚证果。那些成天打坐参禅、持戒忍辱的僧人,到头来离佛祖的距离比鲁智深远得多。

实际上呢?鲁智深是个假人。不是说整个鲁智深都是假人。而是说，成佛的鲁智深是个假人，吃肉喝酒的鲁智深才是真人。"口中淡出鸟来"，一句一个"洒家"的鲁智深，是个真真切切的人。虽然《水浒》是虚构的，但这种酒肉穿肠，率性负气的人，哪个时代都不缺。

"听潮而圆，见信而寂"的鲁智深呢？也不是没有。一场说走就走的涅槃，在佛教史上并不鲜见，它有个专门的名字——"坐脱立亡"。禅定功夫深的僧人坐脱立亡不是难事。自己决定走的时候，无论是坐着、站着，还是躺着，说走就走了。走之前身上可以没有一点毛病，也没有丝毫征兆，禅宗灯录里有许多记载。其中虽然有夸张的，也不乏真实的。至于一定要听见潮信才圆寂，则是小说家的附会。

虽然两种人都有，但是，坐脱立亡的鲁智深，和五台山出家的鲁智深，相国寺里把张三李四踢到粪坑里的鲁智深，没有办法联系到一起。从这样一条路出发，达不到那样的终点。种瓜不能得豆。佛教讲以戒为师，戒是定和慧的基础，这是毫无疑义、百代不易的。

而小说家，把鲁达和鲁智深联系在一起，是一种媚俗。因为人人都想既吃肉喝酒又不耽误成佛。虽然自己做不到，但对想象有这么一条路径存在兴趣颇大。如果吃着肉、喝着酒、杀着人就成佛了，那天下的便宜都叫你占了。

不能这么轻巧。所以小说要赋予鲁智深成佛的因。菩萨要在因地上修行，才能在果地上成佛。而修行中最重要的一点，发菩提心，鲁智深是具备的。

比如，在和李忠、史进喝酒时，听到隔壁有人哭，鲁智深就受不了（为了方便，下文统一称鲁智深，不称鲁达），把碗和碟子摔在地板上。我们都喜欢摔碗和碟子，发脾气的时候有碗和碟子摔的感觉太棒了。既发泄了情绪，又摔不了几个钱——碗和碟子都比较便宜。

摔砸的行为并不如法。但我们可以谅解鲁智深，因为小说马上就会讲，金老汉父女遇到了不平事，而鲁智深之所以烦躁，正是他慈悲心的体现——鲁智深视他人的烦恼如自己的烦恼，才不得不动手来管这事。

这是大悲利他的关怀。大悲利他之所以是成佛的必由之路，是因为一个破除了"我执"的人必然会消泯他人与自我的对立。那么，众生的烦恼就是自己的烦恼，化度众生就是化度自己。

但在鲁智深这里，显然是附会。摔盘子摔碗和同情金老汉是两码事。纵然同情金老汉是佛教赞赏的，但摔盘子摔碗依然不对。世人往往糊涂的地方就是，当如法的举动与不如法的举动牵缠在一起时，便不加辨别地以如法的理由为不如法的举动辩护。

所以，鲁智深虽然是好心地的人，但是不能学。一旦学鲁智深，就是媚俗。因为他能成佛的地方你全学不来，你能学来的恰恰是摔盘子和烧房子这些。

鲁智深给了金老汉十五两银子。常人也学不来。十五两银子什么概念？武松调查武大死因时，给郓哥五两银子，让他"把去与老爹做盘缠"。郓哥心想："这五两银子，如何不盘缠得三五个月？便陪侍他吃官司也不妨。"就算郓哥家里就父子两人，五两银子支持四个月用度，十五两银子也是一年的开销。金老汉父女两人，社会地位和郓哥差不多。也就是说，鲁智深一下给了两口之家一年的生活用度。对一个素不相识的陌生人如此阔绰地出手，你能学吗？

花和尚之俗

明朝的李贽，极其喜欢鲁智深。《水浒》专门有李贽的评点本。李贽认为鲁智深这样才是真修行，不吃狗肉的僧人都太迂腐了。观李贽赞鲁智深之切，就知道他必然骂孔子骂朱熹。李贽评《水浒》，要找人先把原文抄一遍。雇的恰好也是僧人。僧人听了李贽的高论，就一举一动都模仿鲁智深。鲁智深火烧过瓦罐寺，这个僧人也差点把房子点了。李贽到后来十分讨厌他，把他赶走了。这个僧人学鲁智深，却没有鲁智深有钱，最后贫困潦倒，郁郁而终。可见李贽的喜好，也是叶公好龙。他不是喜欢跟"鲁智深"打交道，而是喜欢自己成为"鲁智深"。

鲁智深在五台山上的时候，要下山转转，先从包袱里拿了不少银子。用五两银子打了一条水磨禅杖，还剩下些银两喝酒。黄泥冈上，白胜卖的酒是五贯足钱一桶，众军卒一起凑了才够。五两银子比五贯足钱更贵。一个普普通通的僧人，随随便便就能拿出这么多钱，也是常人没法学的。

世俗之所以多喜欢鲁智深，是因为鲁智深有钱任性，还不耽误成佛，不耽误做一个善良的人。有钱人要做点善良的事比没钱人容易得多，随便给别人些钱，自己不在乎。但没钱人就很难。你没有余裕顾及自己，利他的行为便是有，也很局促。比如李忠，掏尽腰包才摸出二两来银子，被鲁智深嘲笑为不爽利。

实际上，《水浒》里单桌的酒席，无论多丰盛，一两银子也基本上能搞定。陆虞候拿一两银子给李小二，"且收放柜上，取三四瓶好酒来。客到时，果品酒馔只顾将来，不必要问。""吴用取出一两银子，付与阮小七。就问主人家沽了一瓮酒，借个大瓮盛了，买了二十斤生熟牛肉，一对大鸡。"从这些就可以知道一个练地摊儿的李忠摸出二两来银子有多么不容易了。

世人学不来鲁智深有钱，但学得来鲁智深任性。世人不是喜欢鲁智深给人钱给得爽快；而是喜欢鲁智深喝酒喝得爽快，打人打得爽快。

鲁智深有天生的蛮力。这种蛮力也是无法学来的。在五台山一个人殴打一群人，还把金刚推倒，把亭子打坏，这确实很过瘾。但你如果天生是个瘦子，身板羸弱，就只有崇拜和意淫的份儿。

鲁智深有处处好，但仔细考察会发现，鲁智深的种种好都是因循天性，并没有克己的功夫。用佛家的话说，没有在持戒忍辱上下过功夫。由戒生定，由定生慧，这是成佛的必由之路。就连上上根机的六祖慧能，也得打这里过，绕不开。慧能和猎人一起生活了十五年，只食肉边菜，鲁智深的根机岂能利过慧能？

鲁智深一辈子没有落魄的时候。他和武松还不一样。武松被刺配过，被关在牢里险些吃棍棒，而武松的血性在同这种厄运的对抗中体露出来了。武松被人绑起来活捉过，因为撵狗掉到水里狼狈过。这些遭遇鲁智深统统没有。书上描绘的鲁智深的不体面，像把狗肉塞到僧人嘴里、在僧房里屙屎屙尿这些，都不是真正的不体面；恰恰相反，实际上是要用这些反衬鲁智深的体面。

鲁智深从来没有被人打得屁滚尿流过，没有被泼皮撂到粪坑里过，也没有被人一巴掌扇在脸上说不爽利过——看一个人体面不体面，最简单有效的方式是看他有没有真正穷过。贫困潦倒到身上没有一分钱吃饭的时候，这个人是不是值得尊敬就看出来了。

但鲁智深从来没有穷过，所以你看不到他的蹙迫，也就看不到他同命运对抗中体现的力。鲁智深就算在逃跑的时候，兜里的钱也足够喝酒吃肉。鲁智深一生当中，从来无需用力就可以生活得舒舒坦坦。他骂李忠，杀郑屠，救林冲，踢泼皮，却从来不见他被骂，被打，被救，被踢。他救人时是做好事，杀人时依然是做好事。他可以尽情地来，爱怎么玩怎么玩，到头还能把好名誉都占住。

这就是鲁智深广受流行喜爱的原因。读者都可以随鲁智深一道享受骂别人"不爽利"的快感、踢别人进粪坑的发泄，而不必付出任何代价。鲁智深在满足人们发泄欲望需求的同时，又赢得了赞誉。这就是很多人喜欢鲁智深并且想成为鲁智深的原因。

武松有他坏的地方，但鲁智深你找不到。鲁智深的缺点基本上不能算缺点。说一个人喝醉了随地大小便是人生最大的污点，就等于说这个人没有污点。

武松行走江湖要靠心机，没有心机，武松的脑袋早就掉了。但鲁智深全无心机，他既可以很细心地搬一条板凳堵在郑屠门口防止客栈的小二来报信，却又天真地察觉不出孙二娘的人肉包子里掺了蒙汗药。为什么武松能而鲁智深不能？因为一旦鲁智深能，就有伤他的天真烂漫。鲁智深既要十分细心，又不能有任何心机。但鲁智深并不因此而掉脑袋，因为鲁智深的运气比被孙二娘弄死的头陀好，鲁智深是"自天佑之，吉无不利"。

鲁智深是一个本该在《西游记》里存在的人物，却跑《水浒》里来了。他满足了成人的意淫，可以行一切快事而不碍成佛。鲁智深会说"口中淡出鸟来"。"鸟"这个字，不读"鸟"，读"屌"。这是十分粗鄙的话，但奇怪的是，鲁智深没有性欲。

没有性欲这一点，并不是因为鲁智深出了家，剃了度，是僧人。他在出家之前已经三十多岁了，而且是提辖，有钱有势，却单身。他打死郑屠后寻思，"洒家须吃官司，又没人送饭"，可见孑然一身。

这种安排就是媚俗的安排。梁山里几个典型的单身汉，武松是懂风话而且说风话的，李逵是看见宋江和李师师饮酒会动怒的，而燕青是一心报答卢员外并对女人不感兴趣的。他们都同鲁智深不一样。鲁智深显然不是燕青，但他又不是武松和李逵。在鲁智深的身上，色欲的需求为零。他不是像李逵那样有需求而得不到机会满足，他是压根没有需求。但同时，这又无碍他对酒食的需求。这种颠倒，正是媚俗的处理手法。世俗不会因为一个男人爱吃肉爱喝酒而讨厌他，但会因为一个男人爱乱性而讨厌他。

如果一个僧人有男女之欲，形象就容易近于裴如海，那是不能容忍的。禅宗灯录里记载过很多口出狂言的大德。杀生的大德有，但淫乱的大德，一个都没有。小说家让鲁智深醉酒、吃狗肉，并以佛祖的名义赋予其正当性，其实不过是暗度陈仓的纵欲。它的意思是，一个人只要善良，纵欲是无所谓的 —— 因为你的纵欲不伤害到他人。这其实是很割裂的看法。因为一个人一旦纵欲，就很难不伤害到他人。朱熹讲，一个人如果爱做官，杀父弑君也做得出来。这话是很深刻的，一般人不易见及。那种"我虽然伤害过很多人，但我内心善良"的说法，就不止媚俗，而是虚伪了。

鲁智深的师父，智真长老，从行迹上看，也充满了世俗的味道。书上说：

> 原来五台山这个智真长老，是故宋时一个当世的活佛，知得过去未来之事。数载之前，已知鲁智深是个了身达命之人，只是俗缘未尽，要还杀生之债，因此教他来尘世中走这一遭。

说"俗缘未尽，要还杀生之债"，就为鲁智深的杀生纵欲提供了合法理由。但若真依据佛教的说法，杀生是不能还债的，杀生只能欠债，被杀才能还债，像安世高那样。《水浒》的说法就好比说一个人吃别人的喝别人的，到头来等于把欠别人的钱都还了。天下要有这么好的事，谁不去干？

智真长老见到宋江时，"慌忙降阶而接"，继而又点一炷香，"伏愿今上天子万岁万万岁，皇后齐肩，太子千秋"。这纯粹就是一个政治和尚的面孔嘛。虽然从理论上讲，佛菩萨未尝不可以化身为政治和尚。但若拘执于理论上的可能性，认定政治和尚便是佛菩萨的化身，那就又是愚昧了。

智真长老在鲁智深临走时，说了几句偈语："逢夏而擒，遇腊而执，听潮而圆，见信而寂。"须知，佛教是反对算命的。佛教主张随缘消业，如果命中注定，就是有我有常了。

不过，只要能抽到上上签，很多人倒乐意让僧人算命。这就是为什么很多人喜欢"听潮而圆，见信而寂"的结局。因为它很带感。

《水浒》里的鲁智深，并不是一个真正的僧人，而是一个俗人。鲁智深的所有优点，都是依据世俗之人的想象与意淫来设计的。他只负责让人看得痛快，听得过瘾，不负责其他一切。

《水浒》之禅

同鲁智深一样，《水浒》对山门的描写、对禅宗的刻画，也不是禅宗的真面目，而是曲解了的禅宗。

虽说是曲解了的禅宗，但重要的是，这种曲解是十分有理由的。从南宋到明朝，佛门和禅宗在世俗眼里的的确确有这种印象。当时的禅宗，在佛教诸宗派里一支独大。说一支独大，只是相比天台、贤首、法相诸宗的衰微而言。如就禅宗自身而言，从宋朝初年起，就已经开始日渐凋敝了。

中唐时期，随便一个卖点心的婆子，水平都可能抵得过宋朝的一个首座。那个时候，宗门里还都是打坐参禅的。偶尔一个僧人，不打坐，不参禅，倒很可能是个水平很高的大德。石头希迁可以杀蛇，南泉普愿可以斩猫，这些大德都证量极高。

但有意思的恰恰在于，只有大德的故事才会流传。于是，正儿八经的修行法门不会被外界了解，而哗众取宠的行迹则在坊间闾里流传甚广，渐渐给世俗造成一种错觉——真正的高僧都是说杀生就杀生，说烧佛就烧佛的。

如果广阅禅宗灯录，就会发现，宋朝以前，最了不得的大德也只是斩个猫杀个蛇，顶天像船子和尚那样，杀了自己，杀别人的从来无有。连吃肉喝酒的都几乎没有。汉地僧人中当然不乏吃肉喝酒的，但几乎没有大德。而酒肉和尚的典型，就是南宋的济公。这也足征五代以来宗门的凋衰。而且，济公虽然在民间很有名气，但在宗门地位很低。济公卒于1209年，而1252年编定的《五灯会元》里根本没有济公一个字。今天去杭州灵隐寺，能看到济公的事迹，那是因为他的故事在民间流传太广太多。而在当时的宗门，他的修行方式未必被认可。

中唐以前，极少有人敢讲杀人放火不碍成佛。偶尔讲，也是方便地权说，只是为了破除拘执的见地，决不是要人真的去杀人放火。像嵩岳元圭禅师的说法，"若能无心于万物，则罗欲不为淫，福淫祸善不为盗，滥误疑混不为杀。先后违天不为妄，惛荒颠倒不为醉，是谓无心也，无心则无戒"，已经是十分出格的言论了。

到了晚唐，这种言论就越来越多。但所有这些言论，几乎全是比喻意义上的，是当机的开示。如果不了解"当机"二字，只去学舌，那就是东施效颦了，所谓"弄精魂""鬼窟里作活计"。

晚唐时期，寺院丛林已经变得混乱不堪，成为交不起赋税而破产的农民和逃逃的盗贼的藏身之地。黄巢大军过后，在丛林里，"鲁智深"一抓一大把。出家的人大多不是为了追求解脱成佛而出家，而是为了逃罪避税而出家，则衰落可知了。

禅宗灯录有两种，一种是早期的《传法宝记》《楞伽师资记》等，很枯燥，并不是世俗喜闻乐见的。另一种是公案集，出现得比前一种晚，基本上相当于禅门段子集。这种段子集式的灯录，因为易于流行，在很大程度上塑造了世俗对禅宗的印象。这一种里，流传下来最早最有名的，是五代后期的《祖堂集》。其后是《景德传灯录》，以及北宋末年的《碧岩录》。

《碧岩录》成书在宋徽宗政和年间（1111~1118），而宋江起义是在宣和元年（1119）。《大宋宣和遗事》里先于《水浒》讲了梁山泊的故事和人物。《大宋宣和遗事》成书于元代，《水浒》成书于明朝。而早在北宋末年，禅门宗匠已经对流行的"文字禅"产生了很大反感。所以，世俗的禅宗印象和宗门的禅宗印象，是决然不同的。

《碧岩录》的作者是圆悟克勤，他的弟子是大慧宗杲。大慧宗杲为了革除积弊，把老师的《碧岩录》付之一炬。但无论如何，因为世俗喜爱，禅宗段子的流行是不可避免的了。

考察禅宗的衰落会发现，它和宋明六百年理学的兴起与发展几乎是同步的。程朱的师友门人，亲佛者不在少数，辟佛者也不在少数。就连朱熹本人，也对大慧宗杲语录十分熟悉。

到了明朝，禅宗凋敝至极。而禅宗灯录的广泛流传，也主要在明朝。两部最流行的灯录，《五灯会元》编集于南宋淳祐十二年（1252），《指月录》成书于明万历二十三年（1595）。世俗对禅门的印象，主要是通过它们形成的。

细阅灯录会发现，所记载的也只是出格的言论，具体的践行上并不特别出格，最多也就是割掉童子一根手指。至于丹霞禅师烧木佛，并不对人造成伤害。至于盗淫的行径，更是没有。即便是在尺度最大的禅门公案里，也找不到鲁智深那种杀人放火的修行方式。

不过，潮流往往比它所本自的东西走得更远更夸张。这么一夸张，就走样了。不单单禅宗如此，理学也是如此。泰州学派就是从王阳明的学说里发展出来的。李贽这个人，恰恰是泰州学派的传人，是一个十分追随时髦和潮流的人。他这种人正是明末清初诸儒痛斥的"王学末流"。他大赞鲁智深，就一点也不意外了。他称吃肉喝酒是真修行，恰恰不是禅宗的态度；相反，是王学末流的态度，是泰州学派后学的态度。

儒家派别中往往有门户之争，我不同意你，我就说你是禅。由于儒家常常给自己不赞同的观点扣上"禅"的帽子，久而久之，这些帽子倒成了禅宗留给世俗的普遍印象。禅宗虽然到明朝中后期已经凋敝至极，但还不至于像王学末流那么夸张过火。

所以，鲁智深这种"酒肉和尚真修行"观念的流行，恰恰不是偶然，而是时代风会所趋。与其说这是禅门的观念，不如说这是世俗的观念；与其说这是世俗的观念，不如说这是王学末流的观念、"伪陆王"的观念。每一个鲁智深流行的时代，都是"伪陆王"流行的时代。每一个盛赞鲁智深的人，未尝不钦慕王阳明。这不仅辜负了禅宗，也辜负了阳明。

阳明的学说是好的，但王学的追随者，难免不媚俗。鲁智深在《水浒》里也是个好人；但鲁智深的追随者，也难免不媚俗。由鲁智深而上窥禅门宗旨者，更是媚俗中的媚俗。

鲁智深死前问：

"众和尚，俺家问你，如何唤作圆寂？"寺内众僧答道："你是出家人，还不省得！佛门中圆寂便是死。"

这简单的一问一答中，就有两处对佛教常识的误解。一是"众僧"，不是"众和尚"。"和尚"是尊贵的称呼，不宜用于普通僧众。这是智深发问之谬。"圆寂便是死"，则是众僧回答之谬。在佛门中，"圆寂"恰恰不是死，而是超越生死，不生不灭。众僧说"你是出家人，还不省得！佛门中圆寂便是死"，尤为滑稽。

剥极而复。到了晚明，云栖袾宏、紫柏真可、憨山德清、蕅益智旭四大高僧相继住世。佛门诸宗也渐次汇入朴实无华的净土教的大河。刊落声华，归真返璞。而鲁智深的形象，便不重在吃肉喝酒了。比如《红楼梦》里，提及鲁智深，只是一个孤单的僧人。

我以为这里的鲁智深的形象尤其好，好过《水浒》。

至上酒席时，贾母又命宝钗点。宝钗点了一出《鲁智深醉闹五台山》。宝玉道："只好点这些戏。"宝钗道："你白听了这几年的戏，那里知道这出戏的好处，排场又好，词藻更妙。"宝玉道："我从来怕这些热闹。"宝钗笑道："要说这一出热闹，你还算不知戏呢。你过来，我告诉你，这一出戏热闹不热闹。——是一套北《点绛唇》，铿锵顿挫，韵律不用说是好的了，只那词藻中有一支《寄生草》，填的极妙，你何曾知道。"宝玉见说的这般好，便凑近来央告："好姐姐，念与我听听。"宝钗便念道：

漫揾英雄泪，相离处士家。

谢慈悲剃度在莲台下。

没缘法转眼分离乍。

赤条条来去无牵挂。

那里讨烟蓑雨笠卷单行？

一任俺芒鞋破钵随缘化……

相较《水浒》，我更喜欢这一段《寄生草》里的鲁智深。这才是真正的天"孤"星。以孤独来说鲁智深，较以酒肉来说鲁智深，有味道多了。

天孤星之孤

但是，以孤独说《水浒》，并非见得《水浒》真正孤独。是读者孤独，其内心之孤独被《水浒》鉴照出来，翻成纸上之孤独。比如金圣叹之"薄暮篱落，五更被卧"，牟宗三之"惊天动地即是寂天寞地"。

牟宗三说《水浒》是禅宗，是寂天寞地的境界："说《水浒》是寂寞的表示，不如直说原始生命必须蠢动。他有那股充沛的气力，你如何叫他不蠢动？而蠢动不是境界，亦不是什么思想或意识。其蠢动之方式，成为纯直无曲，当下即是，方是表得一个'如是如是'之境界。"

这段话说得极好，却不无曲解。禅宗境界并不是蠢动，也不是"纯直无曲，当下即是"的蠢动。相反，禅宗是要安顿内心的蠢动，让蠢动消歇。蠢动，是烦恼；消歇，是菩提。从这个意义上看，倒可以用蠢动的消歇来解释鲁智深的"圆寂"。

鲁智深心中有一股淋漓元气，得不到安顿，就不能不吃肉，不能不喝酒，不能不杀人。第七回，鲁智深见到众泼皮和林冲时都说，"只为杀的人多，因此情愿出家"。第九十回，鲁智深重见智真长老，长老说，"徒弟一去数年，杀人放火不易"。

杀人放火，是不得不尔，是要释放胸中的淋漓元气，用牟宗三的话说，"原始生命必须蠢动"。而擒住方腊之后，到了钱塘江上，已经是淋漓元气的最后一丝。鲁智深不曾听得浙江潮信，以为是战鼓响，这是最后一丝淋漓元气的迸发。此夜，八月十五子时，淋漓元气既已消歇，则智深不得不趣入涅槃。

但若以佛教义谛观照，这不叫涅槃，这叫轮回，叫生死。世俗对佛教和禅宗安顿狂心的误会，最典型的就是如此。以为狂心要歇，就必须宣泄，必须释放。释放干净了，便消歇了。就像时下流行的"鸡汤"里，禅师说，"爱了，痛了，就放下了"。实际上，禅宗里的放下不是因为痛，而是不悲不喜的。因为痛而放下，不是真正的放下。真正的放下是觉悟到并没有一个可以放下的对象。"以无所得故，菩提萨埵。"没有执着，便没有放下与拿起的分别。华严宗讲，"随缘不变，不变随缘"；天台宗讲，"边邪皆中正，无道可修；生死即涅槃，无灭可证"。

牟宗三说《水浒》境界是惊天动地的寂天寞地，"惊天动地是如是如是地惊天动地，寂天寞地是如是如是地寂天寞地。如是如是，便是《水浒》境界"。但这并不是禅宗。禅宗里没有惊天动地，也没有寂天寞地，只有个"如是天地"。无论惊天动地，还是寂天寞地，都是"遍计所执"，都是禅宗要破除的对立。

不过，真正有意思的并不在于《水浒》境界是不是禅宗。而在于，从牟宗三对《水浒》境界的议论中，大可窥见牟宗三其人其学之鹄的，并可同其学术渊源相印证启发。读熊十力之著述，牟宗三之传记，就能十分明白地理解，牟宗三为何会说出，"他有那股充沛的气力，你如何叫他不蠢动"。

熊氏牟氏，都极聪明，而对佛教的理解都不无隔膜。这种隔膜，并非因为他们是"新儒家"。而是因为他们的生命"必须蠢动"。他们赋予这种蠢动先天的正当性，这就是他们的学说同佛学的歧趋，也是同儒学的歧趋。

虽然熊十力、牟宗三被叫做"新儒家"，但他们的思想有别于儒家。这也是真正的儒家不愿厕身"新儒家"之列的缘故。儒家讲"七十而从心所欲不逾矩",重点不是"从心所欲",而是"不逾矩"。孔子不会说"他有那股充沛的气力,你如何叫他不蠢动",孔子会说"克己复礼为仁"。正因为有充沛的气力,所以要在"下学"上用工夫,要疏导"蠢动"使其复归于正,"鸢飞鱼跃一中庸"。"好勇不好学,其蔽也乱""勇而无礼则乱,直而无礼则绞"。

"从内圣开出外王"绝对不是孔子学说最要紧的地方,只是"今文学家"舒展远大抱负的附会。一如牟宗三"《水浒》是禅宗,《金瓶梅》是大乘"的论调。这种论调有它的诗意和美,但在娑婆世界并不真实。就像《水浒》中的鲁达与鲁智深并不能在现实中合二为一。

正因如此,牟宗三质疑唯识宗"转识成智"的可能性,而激赏天台宗"边邪皆中正,无道可修"。我不能同意"《水浒》是禅宗,《金瓶梅》是大乘"的说法。不过,《水浒》虽不是禅宗,却的确代表了晚明世俗眼中的禅宗印象,代表了王学末流的修行趣味。

李鬼之妻

她开门时，远远望见丈夫，一瘸一拐地往家走。

丈夫不是有本事的人。谁家父母会给孩子起名叫"鬼"呢。她的丈夫就叫"鬼"。她嫁了这样的男人，在村里没有房子，只好在山坳里住小草屋。

她不是不爱美的女人。"鬓髻鬈边插一簇野花，搽一脸胭脂铅粉"。插野花而不簪金戴玉，是因为穷。家的周围，"四下里都是山径小路，不见有一个酒店饭店"。

李逵一路又饥又渴，看见两间茅屋，那就是她家。李逵进来，说给她一贯足钱，要她弄些酒饭吃。

一贯钱不算多，但对她家来说也不少了。只是她家拿不出酒菜。

那妇人见了李逵这般模样，不敢说没，只得答道："酒便没买处，饭便做些与客人吃了去。"李逵道："也罢，只多做些个。正肚中饥出鸟来。"那妇人道："做一升米不少么？"

北宋时，一升米是 592 克，一斤是 640 克。一升米还不到当时的一斤。武松在景阳冈时，要二三斤牛肉。店家先切了二斤，不够吃，武松又要了二斤。

不到一斤米，岂够李逵吃的。妇人问"一升米不少么"，其实心里明知道不够。明知道不够，还说"不少么"，是因为家里实在没多少粮食。自家饿肚子饿惯了，平时哪舍得吃这么多。李逵大概也看出来她家穷，就不要酒了，连菜也不要了，只说："做三升米饭来吃。"

那妇人向厨中烧起火来，便去溪边淘了米，将来做饭。

淘米要跑到溪边，说明厨房里没有水缸，或者水缸里没有水。李鬼的老婆不是懒人，李逵虽然只要米饭，她却要到后山给李逵弄点菜。这样的女人，要是家里有水缸，不至于不往里面打些水。

如果妇人没上山讨菜，李鬼就不会在后门外看见她。如果是在屋里，肯定一并见到李逵了。后来的事情就都没有了，李鬼也不会死。正因为她要出门给李逵弄点菜，李鬼死了。

李逵是出门解手时听见他俩说话的。李逵去解手，茅房在哪儿呢？

李逵却转过屋后山边来净手，只见一个汉子，撅手撅脚，从山后归来。

可见他们家没有茅房，解手要到屋后山边。没有茅房，没有水缸，没有菜，没有酒。一顿吃一升米嫌多。这样的家境，可想而知了。

一个女人，跟着这样没本事的丈夫，仍然愿意在鬓边插一簇野花。谁能看见呢？除了丈夫，山坳里平时没人来往。

看见丈夫撅着脚回来，她老远就关切地问：

"大哥，那里闪肭了腿？"

之所以说是老远就问，因为连李逵都听见了。

那汉子应道："大嫂，我险些儿和你不厮见了……"

老婆问老公腿怎么了，老公不说腿，却说差点儿见不到你了。她根本没想到丈夫的腿是被刀砍伤的，所以才问"那里闪朒了"——明知道丈夫剪径，却不往被人砍伤了想，倒以为闪着了，岂不奇怪？

很有可能，李鬼剪径的事情，她先前并不知晓，此刻李鬼说了，她才知晓。

你道我晦鸟气么！指望出去等个单身的过，整整等了半个月，不曾发市。甫能今日抹着一个，你道是谁？原来正是那真黑旋风！……我便告道：家中有个九十岁的老娘，无人养赡，定是饿死。那驴鸟真个信我，饶了我性命。又与我一个银子做本钱，教我改了业养娘。我恐怕他省悟了赶将来，且离了那林子里，僻净处睡了一回，从后山走回家来。

如果她知道丈夫每天出去剪径，也不至于现在才告诉她"整整等了半个月，不曾发市"。既已知道丈夫剪径，虽然不情愿他那么做（下文可证），却不责怪丈夫，只责怪伤了丈夫的人。

她猜到在屋里坐着的黑大汉可能就是那个人，先说：

休要高声！

"休要高声"之后的话也被李逵听见了，更足证明适才声音必定更高。可见她关切丈夫时，一定离得老远。

陡然见到丈夫伤了腿，又听闻丈夫险些不能与自己见面了，哪个妻子能不怨怒？哪个妻子能不愤恨？更何况，砍伤丈夫的人还是逋逃的罪犯。于是，她说：

> 却才一个黑大汉来家中，教我做饭。莫不正是他？如今在门前坐地。你去张一张看。若是他时，你去寻些麻药来，放在菜内，教那厮吃了，麻翻在地。

她特地说了这四个字："若是他时。"

不是丈夫的仇家，便不能这么做。她并非不知道李逵有钱，说给一贯足钱，还背着包袱，不是没钱的主儿。但人家来到家里，讨口饭吃，无冤无仇，有何理由麻翻人家。

李鬼之妻并不主张剪径，但她并不觉得麻翻一个逋逃的罪犯再去官府领赏有什么不妥，她接着说：

> 我和你却对付了他，谋得他些金银，搬往县里住去，做些买卖，却不强似在这里剪径。

可见她不愿让丈夫冒剪径的风险。

而李鬼家里不是黑店，也从李鬼妻子这句话里逗露出来了——"你去寻些麻药来"。哪个开黑店的家里不备麻药的？

同样是要麻翻人，专业开黑店和业余开黑店的差别就体现出来了。

朱贵怎么开黑店？

但是孤单客人到此，无财帛的，放他过去。有财帛的来到这里，轻则蒙汗药麻翻，重则登时结果。将精肉片为黼子，肥肉煎油点灯。

张青、孙二娘怎么开黑店？

实是只等客商过往，有那入眼的，便把些蒙汗药与他吃了，便死。将大块好肉，切做黄牛肉卖。零碎小肉，做馅子包馒头。

不过，开黑店的人也有开黑店的原则。不是什么人都害。朱贵有一种人不害：无财帛的不害。张青夫妇也有三种人不害：云游僧道不害，行院妓女不害，流配罪犯不害。

不害这三种人，倒不是说张青孙二娘多有原则，而是他们对同类惺惺相惜。这和李逵听说李鬼家有老母不忍杀他是一样的。

　　李逵虽是个杀人不眨眼的魔君，听的说了这话，自肚里寻思道："我特地归家来取娘，却倒杀了一个养娘的人，天地也不佑我。罢罢，我饶了你这厮性命！"

　　谁家没有父母，没有妻女？物伤其类，才会心生悲悯。张青害了那么多往来客商，不觉得不安，害了一个头陀，却心里不安。头陀的财物要比一般客商难得，张青得了这些，却不欣喜。他对武松说：

　　有两件物最难得。一件是一百单八颗人顶骨做成的数珠，一件是两把雪花镔铁打成的戒刀。想这头陀也自杀人不少。直到如今，那刀要便半夜里啸响。小人只恨道不曾救得这个人，心里常常忆念他。

　　为什么忆念他？因为张青从这个杀人无数的头陀的死上，看到了自己的死。

　　李鬼一家，不是真正打家劫舍的人。李鬼去剪径，也只是吓唬人，并不打算害人。也正因如此，李鬼整整剪径了半个月，都不曾发市。

李鬼这种人出去打劫，简直就是个笑话——他为了扮得像黑旋风，"把黑墨搽在脸上"。穿的是什么？"一领粗布衲袄"。

"衲"，本来是指僧衣，意思是碎布头补缀成的衣服，也叫"粪扫衣"。所以僧人一般自称"老衲"。后来，"衲袄"也指一般的夹袄，常是地位低贱的人穿的。比如士兵和小喽啰。《水浒》中，锦毛虎燕顺手底下的小喽啰就是穿着衲袄。梁山好汉穿什么呢？——"论秤分金银，换套穿衣服"。

所以，真李逵和假李逵的区别，看外表就看出来了。只看李鬼穿一领粗布衲袄，黑墨搽在脸上，定知此人不是做剪径生意的料。果然，他吓唬李逵的说词也很可笑：

是会的留下买路钱，免得夺了包裹！

这是李鬼见到李逵说的第一句话。这时候，他只要买路钱，不要包裹。他业余的地方体现在并不说买路钱的数额。专业的剪径人怎么说？——锦毛虎燕顺打劫镇三山黄信时是这样开口：

来往的到此当住脚，留下三千两买路黄金，任从过去。

而李鬼呢，最滑稽的是在"留下买路钱"前头加了三个字："是会的"。人家剪径一般说"会事的留下买路钱"，比如第四回的李忠、周通，第四十四回的邓飞。李鬼把"会事的"说成"是会的"，恰恰暴露了自己不会。

李逵见了，大喝一声："你这厮是甚么鸟人，敢在这里剪径！"

"你这厮是甚么鸟人"，意思是，你到底是干什么的？不是要问李鬼的名字。有路遇打劫者去问对方名字的吗？李鬼明明是剪径的人，李逵偏偏问他是什么鸟人，可见李逵一眼看出他不懂剪径，是个菜鸟。而李鬼果然是个菜鸟，他以为李逵是在问他名字。

那汉道："若问我名字，吓碎你心胆！老爷叫做黑旋风！你留下买路钱并包裹，便饶了你性命，容你过去。"

第一次开口只要买路钱，发觉自己的专业程度受到了质疑，内心羞愧，觉得被侮辱了，就要求"留下买路钱并包裹"。李逵就乐了，彻底清楚对面的打劫者是业余中的业余。

李逵大笑道："没你娘鸟兴！你这厮是甚么人？那里来的？也学老爷名目，在这里胡行！"李逵挺起手中朴刀，来奔那汉。那汉那里抵当得住。却待要走，早被李逵腿股上一朴刀，搠翻在地。

本来是李鬼打劫，但先动刀的是李逵。两人本来在对话，李逵突然一刀就上来了。如果李鬼"是会的"，就不该露面，躲在李逵身后，待李逵走过时一板斧劈下去，财就到手了。但李鬼不会。

当时李逵什么装束？"提了朴刀，跨了腰刀。"

手里一把刀，腰里一把刀，两把长刀在身的彪形大汉，李鬼不偷袭，倒要正面吓唬。说吓唬吧，出手还出晚了，让别人先捅了一刀。李鬼之业余于此可见。

李逵武艺并不高强，除了杀得猛，几乎一无是处。燕青就能轻松把他摞倒。梁山能打败李逵的大有人在。但这样的本事，打败李鬼却轻轻松松。又可见李鬼之业余。李鬼被李逵打翻后说家有老母，无人赡养，求饶他一命。真正的打劫者，不会这么求饶。因为遇见被劫者这么求饶，打劫者往往是不会因此放他一马的。

人人都说，李逵不忍杀他，体现了李逵的孝顺。这只是显而易见的一面。另一面，须知李鬼能说出这番话，恰恰表示李鬼的生活实在难以为继。真正劫得惯的人，家里岂无肉吃？

李鬼家中虽无老母，却有娇妻。此时口中所说"家中老母必是饿杀"，心中所想定是"家中娇妻必是饿杀"。观李鬼在板斧下想到家妻，家妻遥问李鬼之腿，夫妇之情笃于此可见。

李鬼之所以说老母而不说娇妻，盖知道，若说娇妻，容易引起李逵之嫉妒；若说老母，容易引起李逵之同情。

李鬼两次告饶，始终在强调，"不曾敢害了一个人"。

> 小人盗学爷爷名目，胡乱在此剪径……实不敢害人。……夺些单身的包裹，养赡老母。其实并不曾敢害了一个人……

在李鬼眼里，"不曾害人"是很重要的，是为人的底线，故以为李逵也认同这个标准。但李鬼永远不知道，李逵要杀他根本不是因为他不曾害人。李逵反复强调的是另一件事。

> 也学老爷名目，来这里胡行！……你这厮辱没老爷名字！……却坏我的名目！……你从今已后，休要坏了俺的名目。

李逵名目好吗？不好。本身就是官府悬赏捉拿的人，名目还怎么再坏呢？须知，坏名目并不是因为杀人。李逵不怕人家说他杀人。李逵怕的是李鬼那种业余的手段流传到江湖上，让人家知道沂岭上有个使板斧的黑旋风剪径水平太次，脸上涂着黑墨，穿着破棉袄，叫人耻笑。

李逵在意的是这个。而李鬼怎能得知？他一直以为要杀他是因为他做了坏事，害了人命。所以李鬼向妻子转述自己如何骗过李逵时，还为此沾沾自喜。

但这一切，都被李逵听到了。李逵二话不说，掣出腰刀，割了李鬼的头。

杀完李鬼，李逵奔前门去杀李鬼之妻，她已经跑了。李逵就转回房里搜罗东西。李逵这行迹显然是个惯犯了。换作别人，要杀的人跑掉了，自己先保命要紧。但李逵知道这里前不着村后不着店，倒不着急。先搜一番家，再吃一顿饭，又放一把火，才走。

（李逵）再入屋内来，去房中搜看，只见有两个竹笼，盛些旧衣裳。底下搜得些碎银两，并几件钗环。李逵都拿了。又去李鬼身边搜了那锭小银子，都打缚在包裹里。却去锅里看时，三升米饭早熟了，只没菜蔬下饭。

李鬼家里，只有两个竹笼，盛的还都是些旧衣裳。银两不是没有，在竹笼底下旧衣服盖着些碎的，还有几件钗环。这几件钗环，想必是李鬼夫人压箱底的嫁妆了。有钗环，却舍不得戴，头上只戴野花。而这平时舍不得戴的钗环，却被杀了丈夫的人拿去了，那人还吃了自己在家做的最后一顿饭。

李逵不仅吃了饭，还吃了李鬼的肉。吃李鬼的肉不是因为恨他，而是因为没菜下饭。

李逵盛饭来吃了一回。看着自笑道："好痴汉！放着好肉在面前，却不会吃！"拔出腰刀，便去李鬼腿上割下两块肉来，把些水洗净了，灶里扒些炭火来便烧。一面烧，一面吃。吃得饱了，把李鬼的尸首拖放屋下，放了把火，提了朴刀，自投山路里去了。那草屋被风一扇，都烧没了。

本来就家徒四壁，一烧一吹，很快就没了。李鬼之妻，顷刻之间一无所有了。丈夫被杀了，房子被烧了，首饰被抢了。

读到李逵啖人肉一节，不能不令人悚然。这种杀人放火饮血啖肉的恶举，于李逵而言只是寻常事，当烧烤时，还有些村居野炊的味道。真是惊心动魄。佛教讲，犯淫邪的人，因贪欲而起者，罪重过因痴心、嗔念而起。犯杀生的人，因痴心而起者，罪重过因贪欲、嗔念而起。李逵之爱杀，实因痴起，无是非之心，真是大罪。

读《水浒》常有这样的矛盾——有的人，不能说他有多坏，可他干得出让人毛骨悚然的事。李逵在梁山头领中，是非常单纯的。（单纯未必是好，单纯往往代表愚痴，所以像鲁智深那种，既单纯又机警的人，可以说是现实中不太可能存在的。）看李逵想念老母时当着众头领的面放声大哭，就知道此人一片天真不懂掩饰。但这未必全是李逵的孝顺，也可能有相当一部分是攀比心理——真正孝顺的人，无时无刻不想着老母，不会等看见别人取父母时才想到自己父母。

李逵哭道："干鸟气么！这个也去取爷，那个也去望娘，偏铁牛是土掘坑里钻出来的！"晁盖便问道："你如今待要怎地？"李逵道："我只有一个老娘在家里。我的哥哥又在别人家做长工，如何养得我娘快乐？我要去取他来这里，快乐几时也好。"

人皆有娘。一个爱娘的人，从情感上很难接受他是个坏人。看他因为李鬼说到养赡老母就放了他，又与他银子，更难接受李逵不善良。一个不善良的人怎么会因为爱娘，去原谅另一个因为爱娘而要伤害自己的人呢。

但片刻之间，他又砍了人头，割了人肉来吃。而他吃的那个人，却是人家的丈夫，人家的儿子。他不关心人家多一条命少一条命，尸骨完整与否，只在乎自己是不是有顿肉吃。他不知道，现下他口中的那块肉，片刻之前还有人念叨："大哥，那里闪朒了腿？"

孟子曰："《诗》云：刑于寡妻，至于兄弟，以御于家邦。言举斯心加诸彼而已。故推恩足以保四海，不推恩无以保妻子。"

中午，李逵吃了人腿。夜晚，背了亲娘回梁山，在山上，亲娘要喝水，李逵放下她去寻水。亲娘被老虎吃了，只剩下一条人腿。

（李逵）定住眼，四下里看时，寻不见娘。走不得三十余步，只见草地上一段血迹。李逵见了，心里越疑惑。趁着那血迹寻将去。寻到一处大洞口，只见两个小虎儿在那里舐一条人腿。

李逵在溪边替娘寻水时，不会想到这一层危险。正如他在大啖一个丈夫的腿肉时，已然忘记片刻之前正有个妻子在关心那条腿。

不推恩无以保妻子。信哉！

然而，这不是因果报应。李逵杀人放火，而李逵之娘何辜？李鬼剪径劫财，而李鬼之妻何辜？

> 李逵却来收拾亲娘的两腿，及剩的骨殖，把布衫包裹了。直到泗州大圣庵后，掘土坑葬了。李逵大哭了一场。

哭娘的时候，不知李逵是否曾想到李鬼的话："爷爷！杀我一个，便是杀我两个！"

这不是虚言。李鬼的妻子，永远不会忘记杀害她丈夫的李逵：

> 这个杀虎的黑大汉，便是杀我老公，烧了我屋的。

正如李逵一定会循着血迹找到吃掉他娘亲的老虎，李鬼之妻也一定会再撞见李逵。有生之年，狭路相逢，终不能幸免。

只要老虎杀不死李逵，李逵就会杀死老虎。同样，只要李鬼之妻不死，李逵是不能活的。但梁山不能没有李逵，所以，只能让李鬼之妻死了。

李鬼之妻举报了李逵，李逵被官兵捉了。押解的路上，朱贵、朱富设计来救，用药迷倒了官兵——看到没，这才是真正开黑店人的手段，坏事是要留给坏人干的，老实人干坏事，必不能成 —— 救了李逵。李逵在逃走之前，一刀搠死了李鬼之妻。

李鬼之妻没有机会跑吗？先前李逵杀她丈夫时，她离得那么近，都跑掉了。这时候，人多混乱，李逵要先挣断绑缚的麻绳，再去斗李云，又要杀了曹太公，才轮到杀她。但她却没有跑掉。

恐怕不是跑得慢吧。先前能跑掉，是因为尚存为丈夫报仇的决心。此刻，为丈夫报仇之心已灰飞烟灭。临死之前，恐怕她会后悔没有早些发现丈夫剪径吧。

丈夫死前，她对他说的最后一句话是："搬往县里住去，做些买卖，却不强似在这里剪径。"

可惜他们终于没能搬到县里，做些买卖。

李逵之孝

李逵家里有三口人：李逵，大哥，娘。

李逵的大哥李达，应该也是光棍。因为每次给娘送饭都是自己，没听说有老婆和孩子。过去有钱人家娶妻早，没钱人家娶妻晚。像郓哥的老爹，也是因为家穷，很晚才有郓哥。

李达给人做长工，不在家里吃饭，家里也不做饭。他娘吃的饭，是李达从外头用罐子拎回来的。

这天，太阳已经平西了，是秋天，大概是傍晚，李逵他娘坐在床上念佛，门响了。

《水浒》这本书，喜欢黑佛教，像鲁智深这种人，杀人放火，是被传说为有慧根灵性的。李逵的娘，白天还在念佛，夜晚就被老虎吃了。虽然未尝不是一种往生方式，然而在世俗看来，毕竟不能算善终。

这么穷的家，平常是不会来客的。到了快吃饭的点儿，门一开，李逵他娘就问："是谁人来？"很奇怪。

正常情况，肯定是李达来送饭。这么穷的家，没别人来。他娘眼睛又瞎，看不见，为什么一听门声，就知道不是李达？李逵也只是"推开门"，不是一脚把门跺开。

门是没锁的，老太太又看不见，可见家里没什么东西。另外可见，李逵举手投足颇不寻常，只是推门进屋，他娘就判断出不是李达。

李逵第一句话说："娘，铁牛来家了！"

他娘说什么呢？

我儿，你去了许多时！这几年正在那里安身？你的大哥只是在人家做长工，止博得些饭食吃。养娘全不济事。我如常思量你，眼泪流干，因此瞎了双目。你一向正是如何？

他娘先问他怎么样，这是人之常情。但是，没等李逵回答，他娘就开始抱怨李达养娘不行。怎么个不行呢？只能给些饭吃，别的都谈不上。就像《曾子本孝》讲：小人的孝，就是努力让父母有口饭吃。

李逵早年打死人跑了，他哥替他坐牢，那时候，他娘是谁照顾呢？

那时候，他娘不需要人照顾，因为那时候她还没有瞎。一个农村妇女，到了老年，只要身体健康，自食其力是没有问题的。后来怎么瞎的？哭李逵哭瞎的。一个人早年失明，还能多少学点生存技能。到了晚年，再失明，就丧失劳动能力了。

这样的老太太，见到小儿子回来，最迫切的，倒不是听他讲这几年如何过的，而是先抱怨大儿子养她不力。可见这老太太，也多少有些自私。

李达可能算不上太孝顺。但相比李逵，还是要好些。李逵打死人跑了，亲哥替他坐牢，亲娘眼睛哭瞎；而他自己在外面认了大哥，喝酒吃肉，几年没有音信，直到看到宋江把宋太公接上山、公孙胜下山侍奉母亲，才想到自己的娘在家里受穷遭罪。这是算不上孝顺的。

但老人常有这样的特点：没在身边的儿女，常常念他们的好；在身边侍奉的儿女，却感到厌烦。李逵他娘就是。

兄弟和睦的家庭，弟弟犯了事，偷偷跑回来，哥哥一定是要把他藏起来，弄点好吃的，嘘寒问暖一番的。

但李逵几年没回家，突然回到家，根本不想见他哥哥。把亲娘接走，能不给哥哥打声招呼吗？李逵不想打。他娘眼里，两个儿子都是儿子，她说："你等大哥来，却商议。"

李逵说："等做甚么！我自和你去便了。"

可见这种家庭关系，差到何等地步。这样家庭的孩子，从小打死人，也不稀罕。不能不说，这是李逵母亲家教的失败。武松也打死人，但武松和武大兄弟情笃，而李逵一家三口，关系非常糟糕。

李逵见到他娘，第一句是"铁牛来家了"，第二句就开始骗她："铁牛如今做了官，上路特来取娘。"

也许可以当作善意的谎言，但善意的谎言也是谎言。这表示，李逵和娘之间，并没有基本的沟通和信任。

娘不知道李逵在外面做什么，但李达知道。李达知道官府悬赏三千钱捉李逵，但不和娘通气。从下文李达一口戳破李逵的谎言就知道，李达不想和娘通气并不是怕她担忧，而是懒得跟娘沟通。

一个瞎母亲和两个儿子，没有基本的沟通。难怪老太太天天坐在床上念佛。儿子不跟她沟通，她跟阿弥陀佛沟通。很多老人因为什么念佛？除了因为怕死，还因为孤独呀。

正在这时，李达送饭来了。

依农村的标准看，李达也不算特别不孝，他至少能保证老人一天两顿饭。他娘中午吃过一顿了。对于那个时候的贫困家庭来说，一天能吃上两顿饭，不错了。

李逵虽然不愿意见李达，但既然撞见，也要打声招呼，就拜道："哥哥，多年不见！"

李达不吃他这一套，上来就骂："你这厮归来则甚？又来负累人！"

可见因为替李逵坐牢，李达恨他恨坏了。

他娘说："铁牛如今做了官，特地家来取我。"

李达抢过："娘呀！休信他放屁！……"

李达一口气说了一大串，都是说李逵跑掉后自己如何受累。

李逵知道对不起李达，就说："哥哥不要焦燥，一发和你同上山去快活，多少是好！"

在这种家庭成长起来的人，有个很坏的特点，就是：做错了事情，从来不懂得道歉。李逵心里知道自己对不起李达，但道歉的话说不出口；只能说，我现在混牛了，能带你享福。意思是，欠你怎么着？我有本事把亏欠的都补给你。说这种话，从根本上还是拒绝道歉——虽然承认自己对别人的伤害，但总想以一种十分简单、自己不费吹灰之力的手段弥补。

实际上，李逵真想让李达上山享福吗？根本不。他本来打算不见李达就走的。撞见李达了，才这么说。

李达当然懂。所以李达大怒。

李达怒不是因为他对李逵给的条件不满意，而是他看透了李逵毫无诚意，让自己受了这么多罪，却一点内疚的意思都没有。——你受那么多罪不还是穷？不就是图的钱吗？钱算啥，我李逵最不缺的就是钱！——李逵表面上承认伤害，实际上是对李达的侮辱，对李达无能的嘲讽和蔑视，李达当然大怒。

李达想打他，但没有打。没有打不是因为觉得李逵不应该打，而是知道自己打不过。李达还知道，虽然自己是兄长，但只要他敢动手，李逵就敢还手。

李达怎么办呢？饭盒一丢，走了。

李逵也知道，李达是去喊人了。李逵一点没猜错。

李逵决定给李达留一锭大银："我大哥从来不曾见这大银，我且留下一锭五十两的银子放在床上，大哥归来见了，必然不赶来。"

李逵这次出行，身上就带了一锭大银子，外加三五个小银子。他没用小银子，直接用大银子，并不是想多给他哥钱，而是为了吓住他哥——李达一辈子没见过大钱，看见大钱，就觉得李逵是团伙到来，就不敢再追了。

李逵又猜对了。

李达带了人飞也似赶到家里，是根本不想给李逵留活路。看到银子，果然就想："必是梁山泊有人和他来，我若赶去，倒吃他坏了性命。"

李逵是个很愚蠢的人。平常看人看事，都看不准，唯独看他兄长李达，一看一个准儿。虽然几年没见，彼此之间却非常了解。

见李逵把娘背走了，李达也不着急，"想他背娘，必去山寨里快活"。

李达真的这么想吗？李达如果觉得李逵背娘是为了娘好，一开始就会让李逵把娘背走。现在李逵已经走了，李达这么想，其实是一种自我安慰——制止自己再往深处去想。

李达潜意识里，可能知道，娘此去必然不能善终——这是很可怕的。不过，潜意识和意识不一样，潜意识知道，意识不一定知道，意识会拒绝面对潜意识里很可怕的事情。所以李达安慰自己：娘是上山快活去了。

而李逵的潜意识呢？是想让娘上山快活吗？

恐怕也不是。

李逵知道山上有老虎。

不仅知道山上有老虎，还知道山上有强盗。

当天早上，朱贵叮嘱他，不要走小路："小路走，多大虫，又有乘势夺包裹的剪径贼人。"

李逵应道："我却怕甚鸟！"

接了老母，李逵就选择性忽略朱贵的提醒了。

李逵上沂岭时，正是星明月朗。他和娘有三句对话。

娘在背上说道："我儿，那里讨口水来我吃也好。"

李逵道："老娘，且待过岭去，借了人家安歇了，做些饭吃。"

娘道："我日中吃了些干饭，口渴的当不得。"

李逵道："我喉咙里也烟发火出。你且等我背你到岭上，寻水与你吃。"

娘道："我儿，端的渴杀我也，救我一救！"

李逵道："我也困倦的要不得。"

李逵不是一个能养娘的儿。他娘无论怎么提要求，他不是拖延，就是搪塞。

娘第一次要喝水，李逵说，等过了岭，找一处人家。他娘也不是特别体贴，有的老太太，知道提的条件当下没法满足，就不提了，忍着。李逵他娘还一而再再而三地提。

他娘又说：我渴得不行。李逵就说：你渴我也渴！

这特别不孝顺。意思是：又不光你一个人渴，我也渴；我能忍，你就不能忍了吗？

李逵并不太着急满足娘的需求，只希望她别嚷嚷了。娘还是嚷嚷，说自己要渴死了，让李逵救她。

李逵怎么说呢？——你渴死了？我还困死了呢！

李逵这样的儿子，铁定是养不了母亲的。母亲的需求，他并不着急。但他要装出能养母亲的样子，他不是孝子，但他需要"孝"的名义。

他爬到岭上，放下母亲，还做了个动作："插了朴刀在侧边。"

这不经意的动作，却耐人寻味。

因为山上是有强盗出没的。

扔下瞎了的母亲，插一把朴刀在旁边，自己走了。李逵不去想这有多危险。

哪里有水？

溪涧里。岭上是在高处，溪涧是在低处，李逵盘过两三处山脚，才到溪涧。到了溪涧，自己先吃了几口水，吃完想，怎么给娘装水呢？

这时，"立起身来，东观西望。远远地山顶上见个庵儿。李逵道：好了。攀藤揽葛，上到庵前"。

先从岭上过两三处山脚走到溪涧；喝完水，又看到远远的庵；到了庵里，看见香炉。香炉是和座子凿在一起的，李逵拔了半天，拔不动，把香炉砸了，拿回溪涧——"再到溪边，将这香炉水里浸了，拔起乱草，洗得干净。挽了半香炉水，双手拿来。自寻旧路，夹七夹八走上岭来。"

这一段绝佳。

李逵不是一个做细活的人，这时突然变得心细了——娘渴得不行，但他似乎没那么着急：先把香炉浸在水里，而不是涮两把就舀了水跑回去；浸在水里之后，拔些草；拔起草后，还不是简单洗洗，还要把香炉洗得干干净净。洗完，他没有一只手端着跑回来，而是"双手拿来"。为什么双手？怕水洒吗？可他只盛了半香炉水。双手端着，自然走得慢。他"自寻旧路，夹七夹八走上岭来"。

有水的地方是一条溪流，不是一个点。李逵寻水时，没想到去庵里找容器，自然会走些冤枉路。等去庵里找到香炉，原本可以选个最近的点，取了水回岭上，是不必"自寻旧路"的。而李逵所做的一切，只有一种理由可以解释：他并不着急。

潜意识里，李逵不想那么快回到娘身边。

小时候，我听李逵探母的故事，感到太遗憾：为什么李逵不背着母亲寻水？那么远的路都背了，为什么这一点路却不背了？远远望见水，直接回来把母亲背到溪边不行吗？为什么还要到处找容器？

后来慢慢理解，这一切，并不是遗憾。潜意识里，李逵并不想养娘，所以会假外物之手，让自己卸下负担。

娘被老虎吃掉，李逵并没有立刻哭，也没有表现出悲伤。他杀了老虎，"走向泗州大圣庙里，睡到天明。次日早晨，李逵却来收拾亲娘的两腿，及剩的骨殖，把布衫包裹了。直到泗州大圣庵后，掘土坑葬了。李逵大哭了一场"。

亲娘死了，谁能睡一觉再收尸？

可李逵这一夜，睡得很稳呀。

连哭都不是在发现亲娘死了的时候，而是一切事情都办好之后。哭作为最后的仪式，李逵没有落下。人家娘死都得哭，李逵不能没有这个环节。就像如果人家宋江不取爹上山，公孙胜不下山侍母，李逵就想不到自己娘。

第二天，在曹太公家，李逵喝得烂醉。被人绑了，又被朱贵朱富救了，和李云结拜兄弟，李逵眉开眼笑。丧母之痛，不到一天，就消失殆尽了。

真牛。

李逵小名叫"铁牛"，这心肠，真是铁做的。

到了梁山，讲完原委，晁盖、宋江笑道："'被你杀了四个猛虎，今日山寨里又添的两个活虎上山。正宜作庆。'众多好汉大喜，便教杀羊宰马……"

此行的伤痛，已不复记忆了。

李逵返家那天早上，晓星残月，霞光明朗。

（李逵）带上毡笠儿，提了朴刀，跨了腰刀，别了朱贵、朱富，便出门投百丈村来。约行了数十里，天色渐渐微明。去那露草之中，赶出一只白兔儿来，望前路去了。李逵赶了一直，笑道："那畜生到引了我一程路。"

奇怪，讲李逵探母，为什么要引出一只白兔儿？

《古艳歌》云：茕茕白兔，东走西顾。衣不如新，人不如故。

李逵结识了新交，就忘掉了旧恩，实在是连一只白兔都不如呀。

卢俊义之妻

《水浒传》有施耐庵的版本和金圣叹评点的版本。金圣叹所改寥寥，却使情状大异。此文不注明版本处，是两本完全相同处。注明处，"施本"指百回本，"金本"指七十回本。我所依据的百回本是人民文学出版社 1997 年 1 月第 2 版，七十回本是上海古籍出版社 2015 年 1 月第 1 版。

1

她第一次出场，是从屏风背后走出来：

乃是卢员外浑家，年方二十五岁，姓贾，嫁与卢俊义才方五载，琴瑟谐和。（施本）

真的琴瑟谐和吗？不一定。

秘密是从燕青口里透露的："主人平昔只顾打熬气力，不亲女色。"

这句话不是燕青对旁人嚼舌头，是燕青对卢俊义本人说的。要知道，燕青虽得卢俊义宠幸，但他是男的。打熬气力这种事，人人看得见。但有没有亲近女色，却是关着门在卧房里的消息，燕青如何得知？

但燕青不仅得知，还敢对卢俊义讲。卢俊义虽大怒，却没有反驳，是何缘故？

这要看燕青跟卢俊义的关系了。燕青第一次出现，场面如此："当日大小管事之人，都随李固来堂前声喏。卢员外看了一遭，便道：怎生不见我那一个人？"

大家都来开会，这个人最后才到。他不是管家，却被主人称作"我那一个人"。书上说此人自小父母双亡，由卢俊义"养的他大"：

为见他一身雪练也似白肉，卢俊义叫一个高手匠人，与他刺了这一身遍体花绣，……由你是谁，都输与他。……更兼吹的，弹的，唱的，舞的，拆白道字，顶真续麻，无有不能，……亦且此人百伶百俐，道头知尾。本身姓燕，排行第一，官名单讳个青字。北京城里人口顺，都叫他做浪子燕青。

燕青一身本事，从肉体到手艺，无不是卢俊义打造的。这就有理由怀疑，燕青真的父母双亡吗？不知道。但书上必然要言明燕青"父母双亡"。不然，这样的孩子，如何肯对主人忠心？

只看燕青出场时花了多大篇幅，贾氏出场时花了多大篇幅，就不能不怀疑二人在卢俊义心中的地位。贾氏二十五岁，燕青二十四五，贾氏嫁来五年，五年不算短，书中却说"才方五载"。"才方五载"说明短，为什么短？是和"养的他大"比较起来。

金圣叹的本子里，"才方五载，琴瑟谐和"一并删去了，贾氏的出场更短："屏风背后走出娘子贾氏来。"除了姓贾，别的什么都不知道。

双栖的是燕，孤单的是卢家少妇。

沈佺期有诗如谶：卢家少妇郁金堂，海燕双栖玳瑁梁。

2

卢夫人从屏风背后走出来，其实不大合适。因为这时候，大小管事的人都在堂前呢。

男仆都在，按礼，夫人不该出来。她之所以出来，是因为卢俊义说要出门去山东泰安。泰安不是梁山，但要从梁山过。没说从梁山过的时候，卢夫人也在听着，没出来。一说从梁山过，卢夫人顾不上失礼就出来了：

丈夫，我听你说多时了。自古道："出外一里，不如屋里。"休听那算命的胡说，撇了海阔一个家业，耽惊受怕，去虎穴龙潭里做买卖！你且只在家内清心寡欲，高居静坐，自然无事。

（施本）

这是施耐庵的本子。金圣叹的本子做了一点微小改动：

你且只在家内收拾别室，清心寡欲，高居静坐，自然无事。

（金本）

乍一看，看不出来。仔细看，见他暗中添了四个字："收拾别室"。这四个字很恶毒。暗含着极不满的情绪：你不用跟我住一屋，可以另外找屋子住。

施耐庵说"琴瑟谐和"，不管闺房里是否琴瑟谐和，至少面上是谐和的。如果妻子当着众多家仆的面建议丈夫"收拾别室"，那么，连面上的"琴瑟谐和"都没了。

说出这四个字的女人，是刻薄的女人，是不给男人面子的女人。施耐庵笔下的贾氏还不如此，但金圣叹让她如此了。命她如此之后，金圣叹点评道："观其所以留丈夫者，而知意不在于留丈夫也。"

若意不在留丈夫，何必大庭广众之下，从屏风后闪出来？

且看卢俊义如何回她：

你妇人家省得甚么！宁可信其有，不可信其无。自古祸出师人口，必主吉凶。我既主意定了，你都不得多言多语。（施本）

你妇人家省得甚么！我既主意定了，你都不得多言多语。（金本）

金圣叹的本子少了两句话。少这两句，是为了扬卢俊义。施耐庵笔下，卢俊义并不是多么光风霁月的人物。一般爱说"宁可信其有，不可信其无"的人，多是胆小怕事的人。相信算命，更会拉低层次和品位。金圣叹笔下，要让卢俊义成为人中豪杰，就删掉了。

李固当然不想跟卢俊义一起去，就推说有脚气，不能走路。卢俊义大怒骂他。

李固吓的面如土色。（施本）

而金圣叹"颊上三毫"地加了几笔：

李固吓得只看娘子，娘子便漾漾地走进去。（金本）

然后，以自家口吻点评："如画。妙笔妙笔。"

文人之笔有多厉害，这里就看出来了。金圣叹的意思，贾氏出来劝，不是担心卢俊义，是担心李固。金圣叹以春秋笔法自居，却不通人情。便假定李固和贾氏此日已有私情，在这种场合，自顾且不暇，何敢"吓得只看娘子"？而贾氏既已如此担心，怎么还能"漾漾地走进去"？这时节还有心情浪？

这就是金圣叹的才子之笔！

贾氏冒着失礼的危险，从屏风后转出来，说了一番体贴的话。却被彻底无视："你妇人家省得甚么！……不得多言多语。"

年方妙龄的妻子，不仅在身体上无法得到丈夫的亲近，连担忧丈夫也被彻底无视了。

自此，丈夫便离家而去了。

沈佺期有诗如谶：九月寒砧催木叶，十年征戍忆辽阳。

3

卢俊义让李固先走，好在前边安排。李固走是前一天晚上，卢俊义是第二天早上。

李固走的时候，娘子哭了。

李固去了，娘子看了车仗，流泪而去。（施本）

李固去了，娘子看了车仗，流泪而入。（金本）

这似乎难以替贾氏辩诬。李固走了，贾氏哭；卢俊义走，书上没写贾氏哭。心在谁那边，岂不铁证如山？故金圣叹点评："看他写娘子流泪仍在今日，不在明日，妙笔。极猥亵事，写得极大雅，真正妙笔也。"

我说：不然。

若两人已有私情，合该装作无事，无人处独自掩泣。私情之所以私，乃在怕人见。贾氏公然见李固去而流泪，卢俊义不能不知。既知而不以为怪，正足以证其无私。

李固之出发，说明卢俊义离家已成定局，再无回旋之余地。这就好比，亲人查出重病，已是晚期，听到消息，没有不哭之理。等他受了百般折磨和痛苦，走的时候，反倒不一定哭。因为最大的痛苦已经受了，最多的眼泪已经流了，最难熬的绝望已经过了。岂可据此说：前哭是因为治病要花钱，要倾家荡产；后不哭是因为已死不必再花钱。哭不哭是因为钱，非为亲人，岂有是理哉？

此外，就算从文法上看，不写哭，并不代表没有哭。也可能因为前番已写，此番不必再写。

卢俊义走时吩咐娘子："好生看家，多便三个月，少只四五十日便回。"

贾氏道："丈夫路上小心，频寄书信回来，家中知道。"说罢，燕青在面前拜了。（施本）

贾氏道："丈夫路上小心，频寄书信回来。"说罢，燕青流泪拜别。（金本）

贾氏是惦念丈夫的，所以嘱咐他频寄书信。金圣叹把"家中知道"四字抹去，是要说贾氏的话只不过是敷衍。而原本里，燕青只是拜别，金圣叹偏偏要改成燕青流泪拜别。说燕青流泪，是为了反刺贾氏不流泪。殊不知：一者，娘子固可以此处不流泪；再者，便是流泪，也可不书。

但金圣叹为刺贾氏，就不能不让燕青流泪。燕青这样一个"腰细膀阔"的汉子，能说出"路上便有些个草寇出来，小人也敢发落的三五十个开去"的人，如此流泪，显得不像。

看卢俊义如何吩咐燕青："小乙在家，凡事向前，不可出去三瓦两舍打哄。"

燕青道："主人在上，小乙不敢偷工夫闲耍。主人如此出行，怎敢怠慢！"（施本）

燕青道："主人如此出行，小乙怎敢怠慢？"（金本）

卢俊义吩咐燕青，就像吩咐小孩。之所以带李固出去，不带燕青，一者因为李固能办事，燕青不能；二者因为燕青对女色不感兴趣。后来燕青见李师师，李师师喜欢他，要脱了衣服看他裸体，说是看一身刺绣，还伸手去摸，而燕青全无情欲。

虽然两种原因都有，但第二种实在微不足道，可以不提。

有人说，之所以派燕青看家，就是怕李固勾引娘子，燕青在家则不怕。这话似是而非。难道除了燕青，家里就没有别的男子，别的男子都是同性恋？而且，卢俊义若真怀疑李固和娘子有私情，早把李固剁了，岂会离家而去？又岂会待在梁山时准许李固先回，自己却蹉跎好久不走？故知，第二点虽然不能说不是原因，但主要出于读者之臆想，非出于卢俊义本意也。

而燕青之所以想跟卢俊义同去，非只因为爱卢俊义，也因为有玩心在。所以，卢俊义安排他"不可出去三瓦两舍打哄"。就像一个小孩，家长出门上班，正是他方便玩的时候。金圣叹抹去"小乙不敢偷工夫闲耍"，添上"流泪"两字。一个惯于"三瓦两舍打哄"的人，见主人出远门就流泪，岂合情理？

卢俊义走的时候说"多便三个月，少只四五十日便回"，结果在梁山泊住了多久？

自离北京是四月的话，不觉在梁山泊早过了四个月有余。但见金风渐渐，玉露泠泠，又早是中秋节近。（施本）

离北京是五月的话，不觉在梁山泊早过了两个多月。但见金风渐渐，玉露泠泠，早是深秋时分。（金本）

就连金圣叹也嫌卢俊义在外边耍得时间太长了。卢俊义在梁山，并不是梁山强扣他，说是扣，其实是每天喝酒吃肉。若卢俊义一意坚辞，安有不能早归之理？

离家前说最多三个月，结果搞了四个多月。金圣叹也觉得他玩过火了，改成两个多月。

走之前，娘子嘱咐频寄书信，寄过吗？没有。只在李固先回的时候，卢俊义这样安排：

> 我的苦，你都知了。你回家中，分付娘子，不要忧心。我
> 过三五日便回也。（施本）
>
> 我的苦，你都知了；你回家中，说与娘子，不要忧心。我若
> 不死，可以回来。（金本）

施耐庵的本子写得明明白白，卢俊义知道三五日就能回
去。而此后，三十余个头领，每日轮一个做筵席，"光阴荏
苒，日月如梭，早过一月有余"。卢俊义说走，李逵又要请
他，"不觉又过了四五日"。又说走，朱武又要请，"只得又
住了几日"。

有的男人喝酒就是这副德性，说走说走，就是不走。问
之，一句话：走不开啊。你怎么就走不开？

李固走的时候，他亲口说"三五日便回"。李固走之
后，他过了一个多月还没动身。身在匪穴，又如此耽搁，家
人如何不担心！官府如何不疑心！即便李固不去告发，亲朋
岂有不疑之理？

告发卢俊义，轮得到李固吗？李固不告他，也死不了。
因为李固不在九族之列。但卢俊义的亲戚怎么办？卢俊义
在当地可是大家族，你一个人不回来，亲戚们就全完蛋了，

"一人造反，九族全诛"。他们岂有不告发之理。而卢俊义就因为吃酒，耽误了三四十日。可以说，卢俊义是个大笨蛋。吴用之所以有信心必能赚他上山，就是吃准了他脑子不够用。所以才扮成卖卦的开高价，这是吸引无脑之人的最好方法，一下就把目标用户定位精确了。让他在自家墙上题反诗，他就亲手题了，也不找个家仆代笔。这种人，不是无脑是什么？

但就这么一个白痴，偏偏金圣叹要把他说成是一个光风霁月的人物。卢俊义自己搞得一屁股屎，金圣叹要想破头皮一点点帮他洗净，只好把施耐庵笔下的"三五日便回"抹去，改成"我若不死，可以回来"。似乎身在虎穴，有弥天大勇的气概。

金圣叹煞费苦心！但卢俊义脑子里进的水太多，金圣叹放不完。纵然改了许多，还是留存很多抵牾的地方。而金圣叹之所以改卢俊义，并不是真的喜欢卢俊义，是为反衬。金圣叹讨厌宋江，因为讨厌宋江，才要用卢俊义的高风亮节来反衬。本来人物之好坏不在衬，衬只是一种手法，但金圣叹十分迷信这种手法，故处处舍本逐末，非衬不可。

宋江赚卢俊义上山后，让交椅给他，卢俊义推辞。

卢俊义答道："头领差矣！小可身无罪累，颇有些少家私。

生为大宋人，死为大宋鬼。宁死实难听从。"（施本）

卢俊义大笑道："卢某昔日在家，实无死法；卢某今日到此，并无生望。要杀便杀，何得相戏！"（金本）

施耐庵笔下，卢俊义自称"小可"。金圣叹笔下，卢俊义自称"卢某"。

施耐庵笔下，卢俊义说"宁死实难听从"，是因为他知道自己根本不会死，否则后来被梁中书捉，真的要死了，梁山来救他，他为什么就从了？知道自己必不死，而说宁死不从，谁都干得来。而卢俊义之所以不从，"颇有些少家私"里逗露了缘由——老子家在河北，有的是钱呐！到你这里，毛都没有了。不过，老子虽然不愿意落草，喝两天酒还是没问题的。于是一喝喝了一个多月。

金圣叹笔下，卢俊义不能称"小可"。在匪寇面前称小可，则显得猥琐，不能体现其大。所以，金圣叹让卢俊义"大笑"。不大笑不足以体现其霁月光风，不足以体现其潇洒磊落，不足以体现其视死如归。

而"卢某昔日在家，实无死法；卢某今日到此，并无生望"，这实在是才子语，是文士语，并不是要枪弄棒四肢发达头脑简单的地主武夫语啊。这是典型的八股文做多了，一正一反两股相合的话。而河北卢俊义岂是八股出身？卢俊义是什么朝代的人？他懂得八股吗？怎么不再给卢俊义加一句"孟子曰，可以死，可以无死，死伤勇"呢！

卢俊义未上梁山时，竖一张旗子，上面一首小诗：

> 慷慨北京卢俊义，远驮货物离乡地。一心只要捉强人，那时方表男儿志！（施本）

这首诗是什么水平？考秀才绝对考不上。这不是诗，是吆喝。

金圣叹岂能容忍卢俊义——一个霁月光风的人，写这种烂诗？金圣叹可是批点过《唐诗六百首》的。金圣叹把这首诗改成：

> 慷慨北京卢俊义，金装玉匣来深地。太平车子不空回，收取此山奇货去！（金本）

改完，自己搞个夹批："绝妙好诗，俗本之讹，真乃可恨。奇货字又用得妙。"

这首诗的确比施耐庵版本的好，但也远远没到"绝妙"的地步。施耐庵可是中过进士的人，难道就写不出一首像样的诗？殊不知，施耐庵版本里，这首诗之所以好，就在于它烂。烂，才像卢俊义的口吻，写成金圣叹那样，就像吴用的口吻了。

最终，"收拾"得"奇货"了吗？没有。

下梁山回家的时候，宋江托了一盘金银，送给卢俊义。

> 卢俊义推道："非是卢某说口，金帛钱财，家中颇有。但得到北京盘缠足矣，赐与之物，决不敢受。"（施本）

卢俊义不要。不要不要，又不能一点都不要。一点不要，你没钱回去。要了，又显得自己穷蹙。所以，要还是得要，却不能不说一句，老子家里有的是钱。"强人"没"捉"得，却拿了强人给的路费回家，卢俊义之本事，于此可见。而这样的大草包卢俊义，要变成俊杰义士，实在是对金圣叹大才子洗地本事的一大考验。金圣叹这样改：

> 卢俊义笑道："山寨之物，从何而来，卢某好受？（夹批：骂得痛快。）若无盘缠，如何回去，卢某好却？（夹批：又算得阔绰。）但得度到北京，其余也是无用。"（金本）

既"骂得痛快"，又"算得阔绰"，卢俊义可谓有勇有谋了。一如方被梁山捉到时，金圣叹又让卢俊义"大笑"。不大笑不足以体现其霁月光风，不足以体现其潇洒磊落，不足以体现其视金如土。

于是，"收取此山"的"奇货"，也就是一路盘缠而已。

在这里喝酒作乐，几个月过去，决然不顾闺阁之中有人守候辛苦，不顾千里之外有人包藏祸心。

沈佺期有诗如谶：白狼河北音书断，丹凤城南秋夜长！

4

卢俊义回来得太晚了。

上次厅堂中开会，所有家仆都到了，燕青是最后一个来的。敢来这么晚，因为老大宠爱他。

这次回到河北，尚未入城，先见到燕青。上次燕青在最后，这次燕青在最先。一后一先，可见老大的出事。燕青说：

> 小乙在城中安不得身，只得来城外求乞度日。权在庵内安身。主人可听小乙言语，再回梁山泊去，别做个商议。若入城中，必中圈套！（施本）

老大出事了，连老大最亲近的人，都不能在城里混了。

但金本不这么写。

> 小乙在城中安不得身，只得来城外求乞度日。——小乙非是飞不得别处去，因为深知主人必不落草，故此忍这残喘，在这里候见主人一面。（夹批：只二十余字，已抵一篇豫让列传矣……）若主人果自山泊里来，可听小乙言语，再回梁山泊去，别做个商议。若入城中，必中圈套！（金本）

在施耐庵那里，燕青在城外，是因为被赶出城，无地可去。在金圣叹这里，燕青要解释，自己不是不能远走高飞，是深知主人必不落草，所以等候。问题是，远走高飞得有盘缠啊。卢俊义回来的盘缠都是梁山泊给的，你燕青行乞糊口，又如何飞到别处？既深知主人"必不落草"，又何必劝主人"再回梁山泊去"？

但不能不说金圣叹改得妙。虽然拙，但拙中有妙处在。妙就妙在，"若主人果自山泊里来"。主人若不自梁山泊里来，还能自哪里来？若自梁山泊里来，而小乙又"非是飞不得别处去"，那干吗不飞到梁山泊找主人，何苦在城外苦苦行乞等候？加个"若主人果自"，说明如去寻主人，万一路上走岔了呢，就把矛盾化解了。

燕青又道："主人脑后无眼，怎知就里？主人平昔只顾打熬气力，不亲女色；娘子旧日和李固原有私情；今日推门相就，做了夫妻，主人回去，必遭毒手！"

这一番话，金本施本完全一样。虽然一样，但"娘子旧日和李固原有私情"，也未必尽实。为什么？

如果卢俊义离家之前，娘子和李固就有私情，为什么卢俊义不知道而燕青知道？燕青既知道，又是卢俊义的心腹，为何还要自告奋勇地跟卢俊义出来，想留李固看家？"今日推门相就，做了夫妻"不假，而据此便说旧日原有私情，却未必不诬。

再就事实的发生而论，李固从梁山泊回到家，又过了三五日，超了卢俊义所说的期限，卢俊义还不回来。墙上又明明题着反诗，怎么办？

没有任何意外，卢俊义肯定要被告发。就算李固不告他，卢俊义所有亲族都不告他，官府也会亲自查上门来。

那么，李固作为一个庸俗的小人，不能不像从官府落草梁山的很多人一样，做出吃饭砸锅的事。

李固还不像燕青，燕青一直待在家里，没有上梁山走一遭。李固从梁山回来，若不反戈，恐怕像燕青那样流落街头都困难。至少要被官府抓进去弄掉一层皮再说。李固不是高尚的人，他屈了。面对草包一样的主人，一意孤行自毁家业的主人，任何一个精明滑头的庸人面对这种抉择，都不可能不朝他捅一刀。对他们来讲，保自身才是第一位的。李固是管家，算计利害的事他最在行。我们鄙视李固，痛恨李固，但不能不明白，在危及生死的关头，用高尚的道德来要求一个俗人，不惟不可能，还会显得可笑。

但贾氏和李固又不一样。李固有得选，贾氏没得选。李固可以选择捅主人一刀，或者不捅。贾氏呢？贾氏左右不了任何事情，虽然她贵为主母。所谓"今日推门相就，做了夫妻"，并不一定是两人的事情，它只取决于李固一个人的意志，贾氏说了不算。李固是大管家，大大小小的仆从都听命于李固，而贾氏的丈夫业已众叛亲离，做了贼寇。贾氏怎么选？

但贾氏也不是完全没得选。她可以选择一死了事。所谓"死节"。但你这死节死的是什么节？为谁死节？人家死节，丈夫至少是个好人，才配。你的丈夫呢？落草为寇了，成土匪了。

所以，纵然贾氏自尽，也不叫死节，叫畏罪自杀。

贾氏不是李固，她不知道梁山发生的就里。她只晓得丈夫说，最晚最晚，不超过三个月。而过了四个多月，丈夫还没有回来。李固先回来了，带来了不好的消息。

贾氏跟从李固，焉知不是被逼迫？或是被哄骗？

从前，她嫁给一个性冷淡，在二十岁到二十五岁的时光里，并不曾受得他半分亲近。不惟不亲近她的身体，连她的话，她的担忧，都从来熟视无睹，置若罔闻。

但她没有别的办法，嫁给卢员外，是多少女人梦寐以求的事情。既已嫁他，倘无意外，自然要一辈子跟随他。

问题是，现在他落草为寇了。而李固这样的小人，既然敢捅主人一刀，又有何理由不敢逼迫主母呢？

贾氏和燕青小乙也不一样。小乙可以扫地出门，可以赶出家去，街头行乞。一个女人，被淫辱之后，如何出门行乞？有谁愿意给她施食？

没得选。要么死，要么从了。

要死，也是畏罪自杀。死于一个糊涂蛋丈夫的落草。

贾氏只是一个普通的女子。她只能受命运的摆布，没有摆布命运的能力。她从了。

卢俊义从梁山回到家中，场景和上次几乎一模一样。到了家中，见到大小主管，李固迎到堂上，纳头便拜。李固这一拜，谄媚卑鄙的蛇蝎之心就暴露了。

而卢俊义，如同上次一样，当着一众仆从的面，开口先问燕青。但虽然都是开口问燕青，形势却不同了。上次问燕青，是真不知道燕青在哪儿，而知道贾氏在屏后。这次，已于城外见过燕青，又于家中见了众仆从，却不知贾氏安在。可卢俊义开口，还是问燕青。贾氏在卢俊义心目中之地位于此可见。

虽然同是问燕青，措辞却不一样了。上次是："怎生不见我那一个人？"

这次是："燕青安在？"

不再称呼"我那一个人"，而称呼"燕青"，主人之困顿，形势之危厉，于此又见。

李固答道："主人且休问，端的一言难尽！只怕发怒，待歇息定了却说。"（施本）

李固答道："主人且休问，端的一言难尽！辛苦风霜，待歇息定了却说。"（金本）

李固不说，是怕主人发怒。金圣叹把"只怕发怒"改成"辛苦风霜"，是要加大李固的罪。要他事到如今，更加作伪。而加大李固之罪，非仅恨李固，亦恨贾氏。因为随后，金圣叹就把同样的话安在了贾氏头上。

正这时，贾氏又一次从屏风后出现了。比上次多了两个字：

"贾氏从屏风后哭将出来。"

这一回，贾氏依然没有从屏风背后出来之理。她也不能面对"燕青安在"的问题，大家都怕见卢俊义，都躲卢俊义还不及，她却出来了。哭着出来的。

为什么要哭？因为命运从来由不得自己。为什么哭着还要出来？因为为人之妻，虽然冷落五年，却不能不有情义在。这些情义，在第一次从屏风后转出时，在吩咐"频寄书信，家中知道"时，都流露了。而这一次从屏风背后转出，又更加印证了。

贾氏在《水浒》里，戏份是极少极少的。除了本文所及，再也没有。而这有限的戏份中，妻子对丈夫的情义，亦足以见出了。

卢俊义见了娘子，第一句却不是问她这些日子如何，而是问：

娘子休哭，且说燕小乙怎地来？

卢俊义之不厚，于此极矣。贾氏道：

丈夫且休问，慢慢地却说。（施本）

纵然卢俊义待贾氏如此，纵然贾氏已同李固"做了夫妻"，贾氏依然从屏风后转出，开口依然称卢俊义"丈夫"。

此刻，李固称卢俊义"主人"，和贾氏称卢俊义"丈夫"，断然不同。

李固称卢俊义"主人"，是因为他除了卢俊义并没有第二个主人。而贾氏，除了卢俊义，已有了新的主人李固，而且李固正在眼前。李固称卢俊义"主人"不打紧，他知道卢俊义马上要被抓起来。抓起来后，没有人因为他这一声"主人"而找他的事。但贾氏呢？片刻之后，卢俊义就是阶下囚，而李固将主宰一家之大权。

但金圣叹的本子，又篡改了贾氏台词：

丈夫且休问，端的一言难尽！辛苦风霜，待歇息定了却说。（金本）

并马上自批曰："娘子语与李固语不差一字，绝倒。"

为了深责贾氏之罪，金圣叹不仅用"辛苦风霜"替换了"只怕发怒"作为李固的话，还把同样的话扣在贾氏头上。以明其与李固心心相印。若真相印，称"丈夫"何为？

马上，公差来了，捉了卢俊义拿到公厅。

贾氏和李固也跪在侧边。（施本）

李固和贾氏也跪在侧边。（金本）

这一笔，几乎是金圣叹修改《水浒》的点睛之处。一字未易，只是调了次序，却深定了贾氏之罪。金圣叹改《水浒》，所有的原则，就是这一个原则。

金圣叹自批："俗本作贾氏和李固，古本作李固和贾氏。夫贾氏和李固者，犹似以尊及卑，是二人之罪不见也；李固和贾氏者，彼固俨然如夫妇焉，然则李固之叛，与贾氏之淫，不言而自见也。先贾氏，则李固之罪不见；先李固，则贾氏之罪见，此书法也。"

贾氏就这样，被一棍子打死了。施耐庵犹且手下留情，而到金圣叹，贾氏死得彻彻底底，永世不得翻身。

贾氏的死，在数回之后，在梁山兵马打败官府回到梁山泊大设宴席的时候。有罪之人，为何不当场诛戮呢？因为场面不好看。要杀她杀得好看。

这一节，金本和施本没有太大差异：

宋江便叫大设筵宴，犒赏马、步、水三军，令大小头目，并众喽罗军健，各自成团作队去吃酒。忠义堂上设宴庆贺，大小头领，相谦相让，饮酒作乐。卢俊义起身道："淫妇奸夫擒捉在此，听候发落。"宋江笑道："我正忘了。叫他两个过来。"众军把陷车打开，拖出堂前。李固绑在左边将军柱上，贾氏绑在右边将军柱上。宋江道："休问这厮罪恶，请员外自行发落。"卢俊义得令，手拿短刀，自下堂来，大骂泼妇贼奴，就将二人割腹剜心，凌迟处死，抛弃尸首，上堂来拜谢众人。众头领尽皆作贺，称赞不已。（施本）

　　金本的不同只有两点，"宋江笑道"作"宋江道"；"卢俊义得令，手拿短刀"作"卢俊义手拿短刀"。

　　贾氏的死，要在一群梁山好汉饮酒作乐的时候，要在"大小头领，相谦相让"的时候。等她死后，"众头领尽皆作贺，称赞不已"。因为这是一件喜事。

　　该死的人，终于死了，罪有应得，岂不是喜事？要由自己的丈夫亲手提了短刀，"割腹剜心，凌迟处死，抛弃尸首"。

　　是不是太残忍了？不。在施耐庵笔下，宋江是笑着吩咐卢俊义如此的，而卢俊义毙贾氏，是"得令"而行，杀完，还要上堂拜谢。杀自己的老婆，还要听兄弟的吩咐，这就是卢俊义。

　　金圣叹，当初安排卢俊义被梁山捉的时候"大笑"，下山要受梁山的盘缠时又"笑"，在施耐庵笔下那些笑全都没有。这时，轮到杀妻，施耐庵笔下的宋江是笑的，金圣叹把

"笑"抹去了。

宋江的笑很重要。宋江吩咐兄弟杀老婆，而兄弟老婆之所以死，根源却不在兄弟，而在自己。要推却这种罪责，故笑着说"我正忘了"，说"休问这厮罪恶，请员外自行发落"，为什么"休问"？若追问下去，谁应对贾氏的死负责？！

于此，宋江岂能不笑乎。这种笑，是伪饰的笑，是觉得此事太小不值一提的笑。金圣叹处处责宋江之深险，却于此处，把"笑"抹去。是因为他把这笑当成爽朗的笑，磊落的笑，先前他安排给卢俊义的那种笑。而把卢俊义"得令"杀妻的"得令"也给删了。若杀妻也须奉兄弟之命，卢俊义算得什么好汉。金圣叹要让卢俊义独立自主，来手刃妻室。

一何糊涂金圣叹！

宋江之大不义，宋江之深险，即无论对待晁盖之事，无论对待阎婆惜之事，无论对待招安之事，只论对待贾氏一事，自可深深见出。——于晁盖，宋江或有交椅之想；于阎婆惜，宋江犹有性命之忧；于朝廷，宋江更有利禄之心。彼时不义，或可有说。但一弱女子贾氏，有如宋江脚下一只蝼蚁，对宋江并不构成任何威胁，宋江全无顾恤之心。而宋江之深险，本属施耐庵《水浒》应有之意，金圣叹视而不见，却搬弄文字，造作是非，来定宋江之罪，不亦悖乎！是何舍本逐末耶！

贾氏既毙，金圣叹批下两字："妙妙。"

才子之不恤，于此两"妙"字，至矣尽矣，无不备矣。

金圣叹终究只是才子，不是儒生。孔子讲："躬自厚而薄责于人，则远怨矣。"这个道理，金圣叹不懂。

但金圣叹自以为太懂儒家了。——孔子不是笔削春秋吗？笔则笔，削则削。我也给你来个笔则笔，削则削。稗官野史在我手里都可以笔，可以削。全天下的才子书，谁第一，谁第二，我说了算。

不可谓金圣叹不性情。金圣叹只懂得儒家的皮毛，对内里一无所知。只懂耍点小聪明，绕着弯骂人，把一个在命运面前毫无招架能力的女人责成罪不可恕。恕字何义，在他心中全然不知。夫子之悲悯，他不可得而闻，却以仁义道德之门面，深自标榜。

儒家之所以为人深诬，又岂不在此！

但金圣叹也为他的小聪明付出了惨痛的代价。清顺治十八年（1661），金圣叹五十四岁。正月初四，苏州诸生哭庙，金圣叹参与其事。这是一件为民请命的事情，但金圣叹绝对没有想到这件事会让他掉脑袋。对他而言，恐怕不单是维护正义，还有去耍一耍的成分。那么多人去，他不相信有什么严重的后果。在顾公燮的《丹午笔记·哭庙异闻》里记载："金圣叹有'十弗见'之笑焉。"

金圣叹以为世事就像小说一样，玩玩就过去了。哭庙是在正月。二月下旬，金圣叹还和一帮朋友招伎饮酒，泛舟山塘，其间还有个僧人。当时，哭庙案已经震惊天下。四月，哭庙案发，金圣叹被抓。七月十三，斩于江宁。十八日，妻、子流放边地。

世情之险恶，人心之叵测，岂如小说之简单直白，金圣叹知之乎？！

孔子之作《春秋》，拨乱反正，定其是非，故乱臣贼子惧。观金圣叹《第五才子书》，处处可见"以稗官而几欲上与《阳秋》分席，讵不奇绝""只二十余字，已抵一篇豫让列传矣"之类。试问《水浒》果抵得《春秋》乎？燕青二十余字果抵得豫让列传乎？贤者识其大，不贤者识其小，而金圣叹之见地，于此亦见。虽才情丰茂，却不能守之以仁，终不免为陋儒。

金圣叹哭燕青、哭卢俊义、哭柴进，既哭于彼，怨怒之情但求发泄，故不得不深责于此。而不知贾氏实可怜可悲可叹之人也。贾氏之悲剧，绝有远逾燕青、卢俊义、柴进者，而孰为纾其怨乎？

呜呼，沈佺期诗云：谁为含愁独不见？更教明月照流黄！

吴用之死

宋江打方腊时，吴用出了条计策：让李俊带着水军头领诈降，里应外合，攻破方腊。

表面上看，是诈降。实际上，是一条毒计。诈降没有风险吗？万一被识破，李俊和所有水军头领的脑袋，都要掉。

但吴用不在乎。这个时候，不仅方腊是对手，李俊也是对手。朝廷让宋江打方腊，是把宋江当枪使，死了不可惜；吴用让李俊诈降，也是把李俊当枪使，死了也不可惜。

为什么？因为打方腊之前，在东京城外，李俊造反的心就表现出来了。

当时，朝廷招了安，梁山大军开到了东京城外，朝廷顾忌，不让进城，梁山很不满。人心惶惶，看见前途凄凉无望，很多人有劫掠了东京，重新落草的想法。书上是这么写的："众将得知，亦皆焦躁，尽有反心，只碍宋江一个。"

但是，兵权不在他们手里。

梁山的人分两拨。一拨儿是体制派，一拨儿是江湖派。晁盖死后，宋江对梁山军马进行了一番整编，正因为这次整编，后来许多江湖派反对招安，甚至招安之后还想造反，却造不起来。

宋江怎么整的？分六个寨。山上五个，山下一个。忠义堂是个大寨，宋江为首，吴用其次，当时卢俊义还没上山。忠义堂前后左右是四个旱寨，只有一个水寨，在山下。五个旱寨的头领是谁？宋江、林冲、呼延灼、李应、柴进。这五个老大，都是体制派。所以江湖派闹不起来。唯有山下水寨，八个头目都是江湖派，为首是李俊。水寨离忠义堂远，算是梁山的小朝廷，李俊一开始就是小朝廷的老大。

所以，招安之后，在东京城外人心惶惶时，李俊先动起来了。李俊想造反。但光靠一个水寨，是造不起来的。水寨内部也有派系。主要是两派：石碣村派、浔阳江派。水军老大李俊，是浔阳江派；老二老三老四，是阮氏三雄，石碣村派。宋江之所以这样安排水军，不仅因为李俊两次救过宋江性命，还因为阮氏三雄是晁盖的人。他想让石碣村派和浔阳江派相互制约。

阮氏三雄虽然爱造反，但如果李俊出事了，童威童猛自然跟着完，他俩打一开始就是李俊的跟班，张横张顺也会被疏远，那么梁山水军就会变成阮氏水军。所以，虽然两边都想造反，但李俊造反，阮氏三雄未必配合。水军内部的矛盾解决不了，造反肯定是要黄的。

那怎么办？阮氏三雄有个老领导——吴用，是中军帐里的二号人物。卢俊义虽然排名在吴用之上，但并不直接领导他，吴用是向宋江汇报的。如果能把吴用拉拢过来，造反的事就能成一半。

吴用这个人心机很深。他不懂武术。但是江湖上的事，他在行；人心的险恶，他熟悉。劫生辰纲时，主要是吴用起作用。晁盖一行上梁山，要被王伦赶，也正是吴用使出离间计，夜访林冲，挑拨他和王伦的关系，让山寨自行火并。后来征辽国，吴用又有心投降，做辽国的官，宋江不允，只好作罢。因为吴用有这些前科，李俊就把宝押在他身上，想先策反了他。

李俊不敢亲自去找吴用。造反的事，耳目众多，一旦被人听去，就完了。李俊把吴用请到水军寨里，坐上船，才开始说话。水军头领八个人，商议造反，船上只坐了六个，童威童猛不在。

为什么童威童猛不在？书上没明写。有两种可能。一种是，在外面把守望风。另一种是，根本没叫他二人知道。

如果他二人在，浔阳江派会占上风，九个人里浔阳江派占五个，会对吴用、三阮造成压力。那就不像大家一起商量造反，更像浔阳江派逼三阮、吴用造反了。

吴用当即觉得不可行。他反对：

"你众人枉费了力。箭头不发，努折箭杆。自古蛇无头而不行，我如何敢自主张。这话须是哥哥肯时，方才行得。他若不肯做主张，你们要反也反不出去。"

连吴用都拉拢不来，李俊就不敢造次了。不过，吴用回中军帐时，应该出了一身冷汗。

吴用不敢直接向宋江汇报，万一宋江不信任他，怎么办？宋江了解吴用，他知道吴用是谁给饭吃，他就跟谁的人。吴用表面上看是儒生，实际上是典型的"小人喻于义"。

但吴用又不能不让宋江知道，万一真造起反来，宋江手足无措管不了，怎么办？所以，回到中军帐，吴用装作跟宋江闲聊，闲聊中，放出一点口风，让宋江好有准备。吴用说："仁兄，往常千自由，百自在。众多弟兄亦皆快活。今来受了招安，为国家臣子，不想倒受拘束，不能任用。弟兄们都有怨心。"

宋江一听，果然失惊："莫不谁在你行说甚来？"

这时候，吴用没把李俊供出来。如果供出李俊，在梁山弟兄面前，吴用会威望尽失。但他又不能不给个解释，吴用道："此是人之常情，更待多说。古人云：富与贵，人之所欲；贫与贱，人之所恶。观形察色，见貌知情。"

这么敷衍，这事就算过去了，也没有追究李俊的责任。但吴用心里已经埋下一颗种子，他知道李俊有可能随时反。之所以没反，是因为条件不足。但李俊今后再反，决计不会再信赖吴用。这时，方腊造反了，梁山兵马被安排去打方腊，进东京城的问题暂时化解了。

打方腊，每一仗都死人。头领越来越少，慢慢地，李俊造反的机缘就越来越成熟。一旦李俊造反，把水寨军马带走，旱寨头领也会走不少。人都走了，方腊就打不下来了，宋江、吴用要么死在打方腊的路上，要么被朝廷拿回治罪。

怎么办？趁早把李俊献出去。所以，吴用才向宋江提里应外合的计。宋江听了说，好计，问题是，让谁去呢？

宋江也阴险。他知道，无论让谁去，都是九死一生。之前柴进、燕青扮作闲人去了，至今不知生死。所以，宋江想等吴用点名。吴用就说："只除非叫水军头领李俊等。"

当时宋江带的是步兵，粮草都在李俊船上。李俊要造反，人够不够不好说，粮食肯定够。宋江大概也有顾虑，一听吴用说出李俊名字，就说"军师高见极明"。

李俊运气好，没被方腊杀掉。他对方腊手下说："宋江犹自不知进退，威逼小人等水军向前。因此受辱不过。"这些都是实情，方腊信了，李俊活了，但一起诈降的阮小五死了。

捉住方腊之后，李俊知道宋江、吴用不能一起共事，路上装作中风，要童威、童猛留下陪他，他说："待病体痊可，随后赶来朝觐。"宋江知道是假的，"心虽不然，倒不疑虑"，自己上马赴京去了。

李俊藏有钱，事先还约了费保四人，宋江一走，他们立马汇合，把藏的钱都拿出来打造船只出海，成了暹罗国主。一般人看《水浒》，都以为李俊到了后来无路可走，才出海打拼。其实李俊很早之前就开始布局了，只是一直在等待时机。

等待时机的过程中谁吃亏了？阮氏三雄吃亏了。阮小二、阮小五都战死了，阮小七没战死，却因为穿方腊龙袍，差点被朝廷杀掉，后来革为庶人。二张也吃亏了。张顺战死，张横病死。但李俊、童威、童猛活得好好的。为什么活得好好的？因为提前留了后路。

还有一个吃亏的人，就是吴用。李俊第一次请他，他如果来，虽然有很大风险，往后可能会一步步走高。但他没来，而是站在了宋江一边，后来又让李俊诈降，等于堵死了自己的后路。

吴用颇有些小聪明，但不是帅才。他只能依附别人成事。招安之后的梁山，不算宋江，帅才几乎没有，李俊是唯一的例外：江湖出身，一直都是水寨兵马一把手，又有和李逵搭伙的旱寨经验。要找后路，很难找到比投靠李俊更明智的选择了。

但李俊当时只算创业公司，内忧外患，形势很不被看好。在梁山，比李俊有名望的人多了去，把宝押在李俊身上有风险。李俊在水寨当了那么久一把手，到底有多少资源和能量，吴用也不清楚。

相比未来的预期，吴用更看重眼前的实惠。其实，吴用的问题不在于预测失算，低估了李俊的价值，而在于年纪大了。如果早二十年，他敢赌。智取生辰纲、火并王伦，都是他一手策划的。但人一旦屁股坐稳了高位，就会越来越保守。在忠义堂上当了那么多年二把手，再冒着掉脑袋的风险去创业，他是不干的。一个人一无所有时，什么都敢拼；有了很多之后，就不敢拼了。

《周易》里的《否》卦，是形势一点点变坏，不是像《困》卦陡然陷入困境，也不是像《坎》卦突然面临危险，只是从最初的一点点不通开始，最终到无路可走。方腊打下之后，宋江一死，吴用只能等死，庙堂上没有他的容身之地，只好跑到蓼儿洼自尽。看起来是康庄大道，转眼就到了头。吴学究自尽时，不知有没有后悔错过了当初李俊摆在他面前的机会。

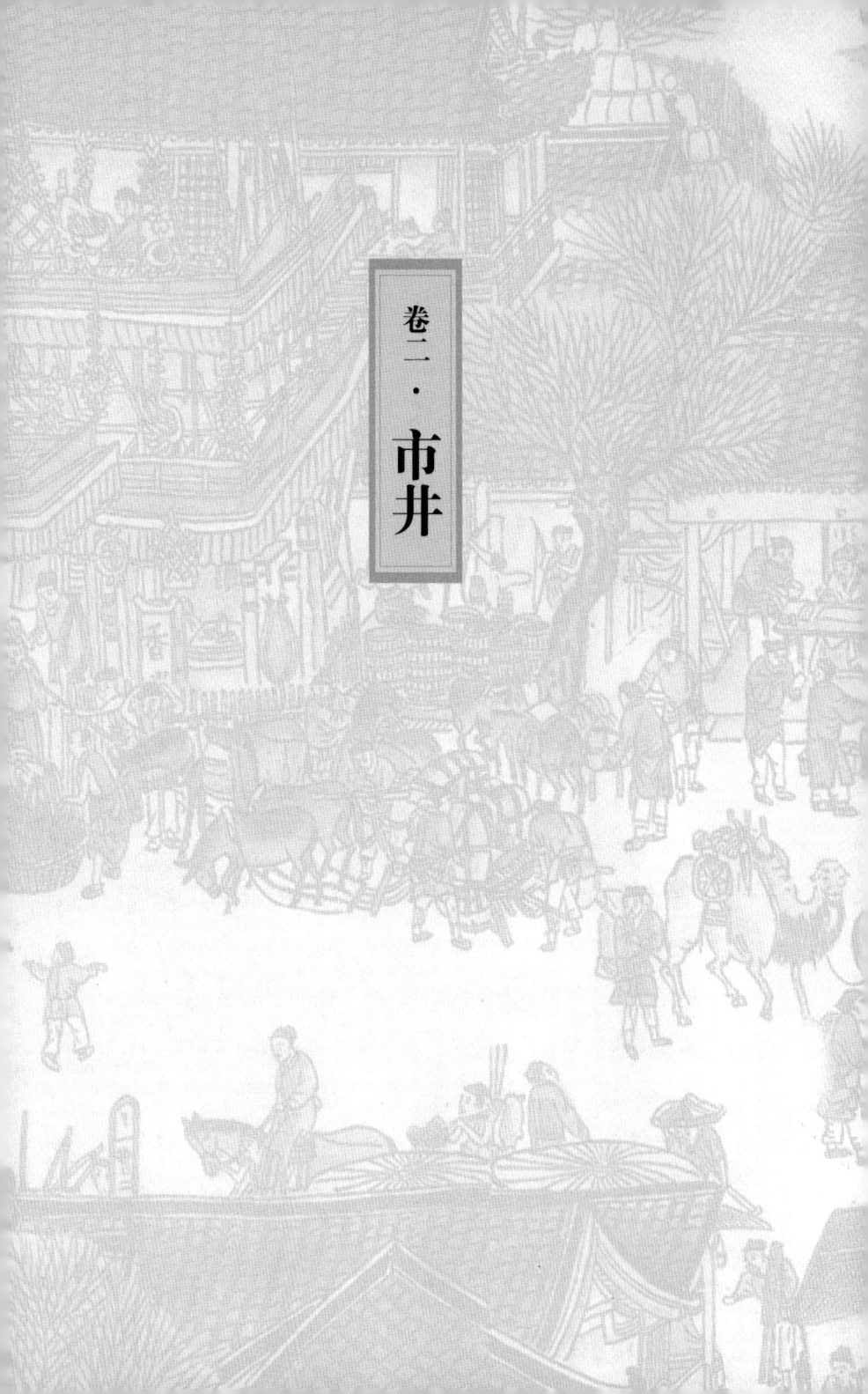

卷二 · 市井

潘金莲之失（上）

一

　　武松、武大、潘金莲、西门庆这段，是《水浒》里最精彩的。而潘金莲也极难写。难写，是因为她离常人太近。我们每个人身上，都有潘金莲的影子。潘金莲只是每个凡夫色欲的集中体现。

　　我们和潘金莲，都是患病的人，只是我们在潜伏期，而她的症状发了。我们患的病轻，她患的病重。我们可以抑制住症状，因为有美满的家庭，有合适的工作，有值得为之奋斗的生活目标。而这些，潘金莲一样也没有。但她同我们一样有对生活的期待，甚至她的期待更强烈些。于是，病症就在这样的身上肆虐地蔓延开。

　　说这些，不是为潘金莲开脱。潘金莲实有难以原谅的地方。骂潘金莲，容易；为潘金莲开脱，也不难。难的是，不做潘金莲。不做潘金莲，不是说不谋杀亲夫；而是说，如何彻底避免从微末的过失起，在不经意间被欲望牵引堕向恶的深渊。

骂潘金莲，是站在潘金莲的对立面，痛斥与鄙视这样的人，以为她身上的一切毛病我们统统没有。可是，有几个人有资格说这样的话？为潘金莲开脱的人，则认为好色之心是先天所成，是绝对正当的。却不知，一旦视一物为正当，恶与私欲便会在这种正当的庇护下滋生蔓延，以至于不可收拾。

潘金莲的悲剧在于，她起初只是一个稍有偏差的人，并没有太大过失，只是糊涂。但切莫以为糊涂不是大事。许多大的罪恶来源于糊涂。潘金莲第一次同西门庆偷欢，与其说是因色起淫而通奸，不如说是被诱奸。她的一切行为举止都是在王婆的精准算计下展开的，没有一点出王婆意料之外。一个老谋深算的马泊六，对一个新婚之初的女子施展手段，这样的女子毫无心机，岂能不中圈套。

此时，潘金莲只有二十一周岁，武松是二十四周岁。在想象里，读者总容易把他们当成盛年的人。盛年人的恶毒，在西门庆身上；老年人的奸诈，在王婆身上最突出。这实际上是两个阴险的"老油条"对刚刚成年的女子施下的毒计。

若在今天，许多二十一岁的姑娘还没有大学毕业。今天我们还有条件接受许多资讯，潘金莲却是初出深宅。称这样的女子为"最毒妇人"时，不妨想想她的年龄。

在与西门庆偷欢之前，潘金莲喝了王婆端来的茶。书上点了一句："吃罢茶，便觉有些眉目送情。王婆看着西门庆，把一只手在脸上摸。"王婆是卖茶汤的，又是兼做马泊六的老手，则此情可知。

那么，为什么不明说茶里下了药呢？说出来，潘金莲的罪就轻了。有杀夫之过的淫妇，如果推究出她第一次的过失原来是被诱奸，就不足以深泄民愤。所以，这一点曲折地隐在了书中。

不过，潘金莲的最大过失，不是她与西门庆有了第一次的苟合。而是，在此事之后，她察觉出王婆的奸计，却并没有远离这等恶人，而选择了同流合污。潘金莲、西门庆云雨既罢，王婆推门便说：

我请你来做衣裳，不曾叫你来偷汉子！……若要我饶恕，你们都要依我一件事，……你从今日为始，瞒着武大，每日不要失约，负了大官人，我便罢休。若是一日不来，我便对你武大说。

此时，王婆之奸可谓暴露无遗。而潘金莲还处于云雨刚过的意乱情迷中。于是，她说出了一句略嫌别无选择的话。

那妇人道："只依着干娘便了。"

如果一定要找个将潘金莲拖入万劫不复的深渊的关键转折点，那么，在这里。在此之前，一切都还是偶然所成。在此之后，事情的发露就是必然，武大的捉奸也是必然，而潘金莲再难做出别的抉择。从此被人拴了鼻子，不能跳脱。

这一念糊涂，源于目下利害的计较。而这一计较，正是堕入恶涂的关键。如果自身不能察觉，在利欲的牵引下，糊涂就会流为莫大的恶。人不能同恶人待一起，同恶人待久了，不知不觉就会浸染恶习。在丝毫不能察觉当中，心地开始变黑，终至不能扭转。

子贡说过一句话：纣之不善，不如是之甚也，是以君子恶居下流，天下之恶皆归焉。商纣王虽然坏，但还没有坏到传说中的地步。潘金莲并不是一个好人，但也绝不是生下来就坏，就是淫妇。因为有了后来的恶，她从一开场就被扣上淫妇的帽子。难道有人天生是淫妇？若不细究其所以堕入恶涂之因，只粗暴地大棒扣杀，真是众恶归焉。

大棒扣杀潘金莲的人，不一定比潘金莲高尚，也许只是比潘金莲幸运，因为没有美貌，没有别的令人垂涎之物，从而避免了被觊觎，被算计，避免了利欲当头的诱惑，机关重重的陷阱。而经受不起利欲诱惑的人，则倾向为潘金莲开脱。为潘金莲开脱，就是为自己开脱。二者的区别只在于，后者有机会面对利欲的诱惑，而前者连被诱惑的机会都没有，所以痛斥后者。他们的见地在本质上，并没有什么不同。

依佛教见解，菩萨在面对恶人的时候，也可能杀掉他。但菩萨杀掉一个恶人，并不是因为恨他，而是因为爱他，同情他。因为爱他，不忍他遭受地狱之苦，所以宁愿自己下地狱，也要阻止他造更多恶业。杀掉他，是替他还债。但我们常人不会这样觉得。你杀我是替我还债？搞笑吧。常人杀掉一个恶人，是因为刻骨的仇恨。这种仇恨，是将自己与他人对立起来的执著心，极其坚固。

而菩萨，之所以对恶人的爱与同情比对善人的更多，就在于菩萨能看到恶人所遭受的地狱之苦，而且十分清楚地明白，所有那些苦的因，即贪嗔痴，并不是恶人自己带来的，而是众生都有的。只是恶的气质，从众生身上流转到恶人身上，在这里积聚，侵袭了他。他是一个被感染的重症患者，是个不幸的人。所以理应得到更多的同情和爱。但这种爱，绝不是姑息，更不是纵溺，而是以对待恶的方法对待之。哪怕这个恶人是诸佛的化现，杀了人，也要偿命。

任何有情，一旦造了恶业，就注定会遭受三毒的焚烧，四大的相逼。这并不是诅咒，而是对世间规律的描述。凡夫看不见世间规律，就容易以为这类似基督教的末日审判。其实不然。在佛教里，没有审判这回事，谁也没有资格审判任何人，更不用说去诅咒。一切只是法尔如是，是业力的作用，因果的不虚。

但在行迹上，没有任何办法可以分辨出一个人是因为爱恶人而杀掉他，还是因为仇恨而杀掉他。恶人是被菩萨杀掉还是被凡夫杀掉的，行迹上完全无法区别，区别只在发心上。在佛教因果的视角下，就算恶人逃掉被杀的命运，也绝无可能逃过三毒的煎烧。因为地狱、饿鬼、畜生道的惩罚，始终是体现在心上的，肉体上的体现只是偶尔。而这一切，都遵循缘起展开。所以说，纵然菩萨一直都在度化众生，究竟言之，实无一众生可度。

二

如果以为潘金莲就是潘金莲，淫妇就是淫妇，那是断见。

潘金莲变成一个坏人，变成人们今日所提的潘金莲，是在日日与西门庆、王婆厮混的过程中逐渐完成的。在那之前，她和正常人没有什么两样。她的蛇蝎之心，是王婆、西门庆一点点转赠给她的。她没有拒绝，所以日渐变成了蛇蝎之妇。在一开始，她并不是和武大没有感情。

问一个人和另一个人有没有感情，是不能觑破真相的假问题。以往有感情，不保证现在有感情。现在有感情，也不保证将来有感情。人总是在变的。只是有些感情变得慢些，在未能察觉实质的变化之前，故事已经终了，留下白头偕老的传说。然而诸行无常，世风变化越快的时代，人与人的感情越不稳固。

潘金莲第一次出场，是武大带了武松归家，在楼下喊开门。

武大叫一声："大嫂开门！"只见芦帘起处，一个妇人出到帘子下应道："大哥，怎地半早便归？"

这里，可以咂摸出两点。第一，武大和金莲此时并无嫌隙。"大哥"的叫法，有如"老公"。说话带称呼，见出情分。金莲不是不理不睬开了门，一个人转上楼去。那才是隔膜的状态。

第二，武大出门，金莲是锁了门的。武大突然早归，家中也无异样。书中上来就说，"这婆娘倒诸般好，为头的爱偷汉子。"这正是"君子恶居下流，天下之恶皆归焉"，金莲在碰到西门庆之前，没有任何偷汉子的证据。因为后来不好，就推论出这人开头就坏，坏得彻头彻尾。实际上，金莲就算被武松骂过之后，被王婆骗去家里做针线活时，还记得武大的吩咐：

> 那妇人道："却是拙夫分付奴来，若还干娘见外时，只是将了家去做还干娘。"

武大说，你到人家屋里做衣服，吃了人家东西，不妨给点钱。如果她不要，你就拿回来做。金莲不仅这么做了，还特意提这是"拙夫分付"。虽然她在家里数落武大，在外面，还是听从武大的。王婆请她喝了酒，回家武大问起，她也一五一十地说了，没有什么欺瞒。

若金莲对武大绝无感情，就不会恨他，不会骂他，不会说"他晓得甚么！晓的这等事时，不卖炊饼了"。嫌弃他，说明心里还把他当自己人，认为他是自己家里的。

等到潘金莲和西门庆往来一段日子之后，情分消磨殆尽，武大躺在床上拿武松来吓唬潘金莲，潘金莲"听了这话，也不回言，却蹩过来，一五一十都对王婆和西门庆说了"。当一个人不打算再骂一个人，扭头就走的时候，情分就尽了。

这种情分的消磨，其实容易理解，因为遇见了新人新事。这边有鱼水之欢，那边是"不晓事的"，肉体上已经同一个人亲密无间，心上就会同另一个人日渐隔膜。而往日之好，在金莲心里，慢慢黯淡了。

武大之憨拙在于，他自己念旧情，便以为金莲也念。他念旧情，只因他的生活依然如故，所以他不能理解一个有了新的生活的人，心决计不会再停留在往日。武大最严重的错误，是在金莲已不念旧情的时候搬出武松，说："你若肯可怜我，早早伏侍我好了，他归来时，我都不提。你若不看觑我时，待他归来，却和你们说话。"

"你若肯可怜我"这种话，一方面平添了自己的懦弱无能，令金莲更无法忍受同他在一起的无味与屈辱，而拿武松威吓的话，又激发了金莲的憎恶。武松是两次狠狠抽过金莲脸的人（"抽脸"是比喻）。若不说这话，武大还能活，说了这话，是临门一脚，把自己逼到了鬼门关。

于是，金莲听从王婆之计，选择和西门庆做长久夫妻，毒死武大。虽毒死武大，却终究不能骤然摆脱先前情分之影子。武大死后，金莲对西门庆说，"我的武大今日已死，我只靠着你做主。"说"我的武大"而不说"武大"，正见出，虽情分已尽，习气尚在。正所谓阴魂不散。就像和一个人分手之后，纵然恩断义绝，但业已养成的习惯却要在留下的时光里慢慢消磨，渐渐遗弃。

三

武大、金莲、武松，三人第一次吃饭时 ——

妇人看着武大道："我陪侍着叔叔坐地，你去安排些酒食
来管待叔叔。"武大应道："最好。"……武大买了些酒肉果品归
来，……叫道："大嫂，你下来安排。"那妇人应道："你看那不
晓事的！叔叔在这里坐地，却教我撇了下来。……何不去叫间壁
王干娘安排便了？……"武大自去央了间壁王婆。……武大叫妇
人坐了主位，武松对席，武大打横。三个人坐下。武大筛酒在
各人面前。那妇人拿起酒来道："叔叔休怪，没甚管待，请酒一
杯。"……武大只顾上下筛酒烫酒，那里来管别事。

金莲说"你看那不晓事的"，就看出她同武大的情分了。
对陌生人，我们是不这样说话的。朋友也有朋友的客套，这
种话，是家人间的亲昵语。

在这个家里，潘金莲是说了算的，武大处处受她支使。
这不能说明二人不和，恰恰说明二人融洽。武大条件差，蓦
地时来运转，讨了这样的老婆，只有处处呵着护着。而金莲

也乐得处处支使他。此时二人新婚不久，不到两年。虽说凭着金莲性格，面对武大这样的人，迟早会生厌，但此时还远远未到生厌时候。

潘金莲是什么样的人呢？她的来历是，年方二十余岁，颇有些颜色，在清河县一个大户人家做使女。大户要缠她，她不肯依从。可见潘金莲是个有想法的人。她不甘于衣食无忧便了，实有要主宰自己生活的欲望，所以不能允许自己做个小妾终了一生。她是对未来抱有期待抱有幻想的人。

作为二十岁的姑娘，又生得美貌，未曾经历世界的险恶，人心的叵测，不忍一生就此蹉过，所以才要冒着得罪主人的风险到夫人处告状。这一状，把她告到了武大家里，成为"三寸丁谷树皮"的媳妇。这一点并不和她日后的偷情生涯矛盾。她图的不是西门庆的钱，是不能容忍过那种一眼就望到头的生活。

说起来，这似乎是个优点，是一种不甘人下的态度。尤其是在今天，这种态度很容易被视为进取心。但若把所有的进取心都视作值得称赞和褒奖，就会忽略背后的风险。一是因为，许多的恶，会在进取的名义下滋长横行。二是因为，即便不如此，当外缘未足之时，一个人对改进现有状态无能为力，进取的野心就会成为他不能安顿目下生活的烦恼之源。于是，人会变得狂躁，严重时，会绝望。日复一日地被这种力量撕扯，达到一定限度，就容易被狂心卷入万劫不复的深渊。

在潘金莲的时代，身为女人，又是家贫从小卖给大户的使女，就尤其难扭转命运施诸其身的强大压力。《水浒》里，在无法改变命运轨辙这一点上，卢俊义之妻最为突出，其次就是李鬼之妻和潘金莲。潘金莲和二人不同之处在于，潘金莲是不愿听从命运安排的人。但事实上，无论你是否愿意听从命运安排，你都无能为力。

不过，能支使武大的生活，也令潘金莲得到了暂时的满足——她从前做使女，期待生活不受人支配，现在当了家，生活开始有了一点新意。潘金莲对新意的追求，和不甘人下的态度，从后来她和王婆、西门庆吃酒的对话里，也可略窥一二。

　　西门庆道："却是那里去讨！武大郎好生有福。"……王婆道："大官人先头娘子须好。"西门庆道："休说！若是我先妻在时，却不恁地家无主，屋倒竖。如今枉自有三五七口人吃饭，都不管事。"那妇人问道："官人恁地时，殁了大娘子得几年了？"西门庆道："说不得！小人先妻是微末出身，却倒百伶百俐，是件都替的小人。如今不幸，他殁了已得三年，家里的事，都七颠八倒……便是小人先妻，也没此娘子这表人物。"……王婆道："若有这般中的官人意的，来宅上说，没妨事么？"西门庆道："我的爹娘俱已没了，我自主张，谁敢道个不字。"

西门庆是有老婆的，却和王婆合起来骗金莲说老婆死了。以至于后来《金瓶梅》的作者，根据西门庆编来哄金莲的话，写西门庆真的死了老婆。《金瓶梅》的内容，是不能拿来作《水浒传》的论据的。为什么说西门庆是在骗金莲呢？因为设计赚潘金莲前，西门庆和王婆有过一段对话：

西门庆道："我家大娘子最好，极是容得人。见今也讨几个身边人在家里，只是没一个中得我意的。你有这般好的，与我主张一个，便来说不防。若是回头人也好。只是中得我意。"

往往一个男人要勾引女人时，在最初，都不会露出真实的面貌，一旦露出真实的面貌，就无法博得好感和信赖。所以要先骗到手，待木已成舟，再日渐暴露本相，女人也只好无可如何了。

当西门庆、王婆、潘金莲三人坐定，整个对话都是在西门庆和王婆之间展开的。金莲作为一个旁听者，整个过程中只发问了一句："官人恁地时，殁了大娘子得几年了？"仅此一句，就暴露出金莲是何等人。她是想自己当夫人，要当家做主，还要做大户人家的主。

故而，虽然武大可以依从潘金莲，听她支使，但很快，潘金莲就会厌倦这种生活。因为潘金莲是个渴望利欲的女人，她内心极度渴望成功，不愿久居人下。同武大在一起的生活，虽然可以由她掌控，由她当家，但这样的生活一眼就能望到头，无法给她带来任何新鲜感，并不比大户的小妾强到哪里去。

对成功极度渴望的人，需要新的刺激，需要一种未知的可能性悬在眼前，像香蕉挂在天花板上，猴子从地上跳起来够，哪怕够不着，也是安慰。金莲的生活就需要这样一种刺激，需要风险。哪怕不越雷池，但雷池必须在。对禁忌的渴望，是支撑她生活下去的动力。而这种动力，武大无法提供。这个时候，武松来了。

潘金莲之失（中）

一

　　武松的到来让潘金莲欣喜。这种欣喜，是以禁忌的形式摆在面前的。虽然看上去不可突破，但至少撩起了她的神经，给她日渐乏味的生活注入一针鸡血，让她重新焕发了神采。她第一眼看见武松就冒出如此念头：

　　武松与他是嫡亲一母兄弟，他又生的这般长大。我嫁得这等一个，也不枉了为人一世。你看我那三寸丁谷树皮。三分像人，七分似鬼。我直恁地晦气！据着武松，大虫也吃他打了，他必然好气力。说他又未曾婚娶，何不叫他搬来我家住？不想这段因缘却在这里。

这样的念头，就常人而言，是没有问题的。世俗之人，恐怕极少没有动过此等念头吧。不过，《地藏经》里有句话："南阎浮提众生，起心动念，无不是业，无不是罪。"念头的可怕之处在于，它会暗自滋长，给人的举止提供无休止的动力。等因缘凑泊齐了，条件成熟，很多事情就会萌发，到那时候，凭一己之力，挡都挡不住。

潘金莲第一次与武松会面，还思量不到十分细的程度。要说金莲此时就起了淫心，想与武松私通，恐怕冤枉她了。若果真如此，不会过了一个多月，任何事情都没有发生。人的欲念是在不知不觉中悄然生长的，像一粒火星，在湿漉漉的茅草上并不能燃起来，但只要火星不熄，等有风吹来，慢慢燃起一根干草，后来的燎原之势就不能避免。而火星的保持，就是潘金莲在生活上对武松多一点照顾。作为亲戚，在生活上照料一下，是合情合理的，是任谁都不好断然拒绝的。武松禀明知县要回紫石街兄长家住时，知县都说："这是孝悌的勾当，我如何阻你，其理正当。"

但事情的难分辨处在于，正当与不正当之间，并不存在一个截然两分的界限，若去寻找这个边界以划定一条不可逾越的底线，你会发现找不到。底线往往是隐晦难见的。当一个人想要寻找底线作为自己不可突破的标准的时候，几乎就注定了终有一天会因为马虎或者糊涂在不经意间突破了它。若由此再去找寻另一条底线，底线就会越来越低，终至跌向深渊。

试看潘金莲对武松的情分，在一开始并不能找出什么越礼的地方。即便吹毛求疵地说有，出于人之常情，也都能够理解。

> 妇人道："那等人伏侍叔叔，怎地顾管得到。何不搬来一家里住？早晚要些汤水吃时，奴家亲自安排与叔叔吃，不强似这伙腌臜人安排饮食，叔叔便吃口清汤，也放心得下。"……那妇人笑容可掬，满口儿叫："叔叔，怎地鱼和肉也不吃一块儿？"拣好的递将过来。……那妇人道："叔叔是必搬来家里住。若是叔叔不搬来时，教我两口儿也吃别人笑话。亲兄弟难比别人。大哥，你便打点一间房屋，请叔叔来家里过活，休教邻舍街坊道个不是。"

这种热心过度了吗？若早知潘金莲后来的事，便容易此时就给她扣上一顶淫欲熏心的帽子。但若将心比心，就算我们今天去一座城市，举目无亲，遇见亲戚，作为异性亲属，也完全有可能得到如此招待。能说有异性亲戚这么招待你，就是淫心大起吗？

只是，谨慎的人，会于此处严加提防。比如，修身谨饬的道学家，就会带着防患于未然的眼光，看出可能的过患。

但这种谨慎，正成了世俗诟病道学家的巴鼻，说道学家眼里见淫。淫事还没发生，道学家早已想到了，可见道学家满脑子都是淫。但如果不能提前想到，那就只有等淫事业已发生，才大呼自己失误了。是真的失误吗？不一定。有人是真糊涂，有人是不肯往此处想，以糊涂为潜在的放纵心做个遮掩。许多人想放纵，但不好意思直接放纵，如果有机会让自己稀里糊涂地放纵了，事后也好宽慰原谅自己。

那么，武松是哪一种人呢？武松是个聪明的人。但正是因为武松的聪明，让他在这等事上糊涂起来。这和关羽失荆州一样。失荆州不是因为关羽笨，恰恰是因为关羽聪明，聪明的人自恃聪明，才会在有些问题上犯下大的糊涂。瓜田不纳履，李下不正冠。普通人都懂得这道理，武松不可能不懂。但武松向来自负，老子生来不是偷瓜摘李的人，该纳履就纳履，该正冠就正冠，管他什么瓜田李下。

武松是懂得风情的人。这从他言语相戏孙二娘时就看得出来。但艺高人胆大，他能保证自己出处谨严，不越雷池，他就敢向雷池一步步地逼近。逼近雷池的不只他一人，还有潘金莲。武松和潘金莲的过招其实是一场较量。武松有把握做到对潘金莲不动色心，这是武松保证自己不陷溺不越礼的前提，但武松未必做得到不从潘金莲的陷溺中得到虚荣心的满足和快感。这种虚荣，来自武松天生高傲的自负，这种自负，正是武松对潘金莲的不尊重与不体恤。

二

武松不爱潘金莲。但武松乐于享受任何人比自己低劣一等的快感，潘金莲也自不能例外。潘金莲问武松是不是"养着一个唱的"时，武松急了："嫂嫂休听外人胡说！武二从来不是这等人！"这种着急处是武松的自负处，是武松要表明自己处处高人一等的地方。

潘金莲三杯酒落肚，哄动春心时，武松并没阻止火向着千钧一发的地方烧。潘金莲捏着武松的肩，问他冷不冷，"武松已自有五分不快意，也不应他"。所谓"五分不快意"，是指武松此时也使出了内功，终于不得不动上克制的力量了。他原本可以于此撒手作罢，因为此时局面全然由他掌控，金莲已经丧失主宰的可能，但武松没有。

那妇人见他不应，匹手便来夺火箸，口里道："叔叔，你不会簇火，我与你拨火。只要一似火盆常热便好。"武松有八分焦燥，只不做声。那妇人欲心似火，不看武松焦燥，便放了火箸，却筛一盏酒来，自呷了一口，剩下了大半盏。

"火盆常热"，是双关的意思。但凡攻城略地，没有十足的把握，要给自己留好退路。所以在暧昧的人之间，双关语就是一件利器，可以只是说事，也可以是说我的心。可以当我有意思，也可以当我没意思。用双关而不说破，是心里还存一分矜持的，既忍不住要透露消息，又要给自己留下转身的余地。

"只要一似火盆常热便好"，意思是，"只要你的心莫冷了"。"叔叔，你不会簇火"，武松真的不会簇火吗？武松是簇火高手来着，在这之后不久，他就对孙二娘说："娘子，你家丈夫却怎地不见？……怎地时，你独自一个须冷落。"武松情知潘金莲的一切伎俩，却装作不识，纵金莲孤军深入，便好一举歼灭。

纵然说武松初开始出处谨严，到这地步，却渐渐变成要考较一下潘金莲手段的意思。武松有必胜的把握，但他要逼着潘金莲输。明知潘金莲内力不济，却不中途撒手，这是武松的艺高胆大处，也是武松的糊涂处。他要靠践踏别人来证实自己的高贵。但这一种高贵，实在算不上高贵。

此刻的金莲，已是骑虎难下。终于做出逼武松生起十分焦躁的举动。武侠小说里有一招，叫"天地同寿"。梁羽生《云海玉弓缘》里，厉胜男最后使出的招数，便是不惜耗尽性命与对方一搏。敢使出这样一招的人，一定不是唯唯诺诺之辈。金莲眼见武松对她的任何举动，都无反应，既不拒又不迎，便至百火燎心。你若无心，便一句话撂下，也好教我死了这条心。这样牵着悬着是何等意思！金莲忍不住，便使出"天地同寿"，一脚踏进了雷池——

　　（妇人）看着武松道："你若有心，吃我这半盏儿残酒。"

　　我以为，金莲此处的举动，十分地危险，也十分地勇敢。这种勇敢，不是作为一个嫂嫂对叔叔而言，而是作为一个人对另一个人而言——敢将自己的全副性命交予对方手里。这和羞耻无关。金莲不是穿得妖冶、暴露，故意露出身体让武松看见，挑逗武松来上钩，那便是羞耻的手段。金莲也不是装作喝醉软瘫在武松怀里哭泣，那样就可以将一切过失推诿于醉酒，便是怯懦的手段。

　　所有那些手段，都是防御，都是不肯纵身向雷池跃下，要留个回转的余地。而金莲，既没有喝醉，也没有耍什么伎俩，她一剑逼到武松喉前，你不是藏吗，不是缩吗，现在，我明明白白地问你，你到底是有心还是无心，"你若有心，吃我这半盏儿残酒"。

　　金莲这一招太厉害，以至于武松不可能再把糊涂装下去。他只有两种选择。一种是，吃了残酒，这样，就彻底被潘金莲俘获了。往后再想翻脸不认，也没有可能。这样，就负了武大，成了畜生。武松不能说对金莲绝无好感，但金莲对武松的吸引绝不像武松对金莲的吸引那么大，金莲是业已嫁给三寸丁的人妇，眼见得生活更无希望和可能，而武松正值最好的年华，还做了都头，想找个容貌胜过潘金莲的，根本不在话下。武松岂肯为了区区潘金莲，败坏自己的名誉和前途呢。如果金莲能设身处地站在武松的位置上考虑，便知道自己这纵身一跃绝无幸免之可能。但金莲毕竟只是个二十一岁的女人，是个谙事未多又充满幻想的女人，便做了扑火之飞蛾。

但即便拒绝，武松也可以有别的方式。比方说，"嫂嫂醉了"。这是常人惯用的手段，有谁做了失礼的举动，哪怕是借酒装疯，旁人说一句，"看看，又喝多了"，意在表示，大家都明白，并不戳破你，给你个台阶下，日后还好再相见。这人若识趣，就顺坡下驴，全当此事没有发生过。但那样做，便不是武松了。武松是个毫不留情的人，是便是，非便非，不拔刀则已，一旦拔刀，必须斩尽杀绝。

武松掰手夺来，泼在地下，说道："嫂嫂休要恁地不识羞耻！"把手只一推，争些儿把那妇人推一交。武松睁起眼来道："武二是个顶天立地，噙齿带发男子汉，不是那等败坏风俗没人伦的猪狗！嫂嫂休要这般不识羞耻，为此等的勾当。倘有些风吹草动，武二眼里认的是嫂嫂，拳头却不认的是嫂嫂。再来休要恁地！"

武松放出了胜负手。这杀伤力极其强大。潘金莲不是一个没有自尊的人。纵然她后来同西门庆通奸，却不能说她不要脸面。骂一个人"不知羞耻"，不表示这人真的不知羞耻。"知羞耻"的人在利欲熏心的时候，也保不齐会做出"不知羞耻"的事情。"不知羞耻"的人做不知羞耻的事，太容易了；"知羞耻"的人做不知羞耻的事，才难。正因为难，更激发了武松的斗志，增加了武松的快感。只看金莲随后的委屈，便知她亦有羞耻心。

那妇人通红了脸，便收拾了杯盘盏碟，口里说道："我自作乐耍子，不值得便当真起来！好不识人敬重！"

若金莲真不知羞耻，会涎着脸说："哎呀，叔叔何必如此火大，奴家只是多喝了两杯，跟叔叔闹着玩嘛！"不知羞耻的人不怕你骂，会恬然安适。而金莲，面对武松的话，感受到了莫大的羞辱。这种反应，暴露了她不能对此无动于衷，也就印证了金莲在此番过招中，彻底被武松碾压了。要碾压一个人，就要在她最怕的地方碾压。她知羞耻，你就让她做出不知羞耻的事情来。她就彻底败给你了。武松对外物的碾压，从来都是如此。

人说"打人不打脸"，武松是"打人专打脸"，不打别处。这是武松的胜处，武松靠这一点，在景阳冈、快活林、鸳鸯楼、飞云浦大展神威，越是艰难的地方，越是让无数英雄蹙眉气短的地方，武松的神勇越呼之欲出。但同时，这胜处也恰恰是武松的败处，让他失掉了恕的美德，变得不仁。

三

武松之不爱潘金莲，不仅表现在这里，还表现在武松第二次痛骂潘金莲的时候。这一次，潘金莲并没有勾引他。那是武松临去东京之前，和武大、潘金莲三人一起吃饭时。在第一次事件后，武松已经搬离了武大的家。

自从武松搬了去县衙里宿歇，武大自依然每日上街挑卖炊饼。本待要去县里寻兄弟说话，却被婆娘千叮万嘱，分付教不要去兜揽他。

之所以千叮万嘱，不让武大去兜揽武松，也是金莲心里的屈辱和不堪久久不能释怀。但武松自己，却毫不介意张扬此事。金莲的不光彩，在武松眼里，正映衬出自己的光彩，映衬出自己是“噙齿带发男子汉”。为了强调这一点，他甚至不体恤武大的难堪，当着士兵的面说：“哥哥不要问。说起来装你的幌子。”当着外人，说“说起来装你的幌子”，比真的装武大的幌子还要打脸。而武松之不恕，于此可知。

十多日之后，武松因为要远赴东京，再次前来紫石街作别。金莲已然忘记先前被武松侮辱过的不堪，又想起武松的好来。

那妇人余情不断，见武松把将酒食来，心中自想道：“莫不这厮思量我了，却又回来？那厮以定强不过我。且慢慢地相问他。”那妇人便上楼去，重匀粉面，再整云鬟，换些艳色衣服穿了，来到门前迎接武松。那妇人拜道：“叔叔不知怎地错见了，好几日并不上门，教奴心里没理会处。每日叫你哥哥来县里寻叔叔陪话。归来只说道没寻处。今日且喜得叔叔家来。没事坏钱做甚么！”

原谅一个深深伤害过自己的人是最难的，但有一种例外，就是深爱他。因为深爱，所以糊涂，所以好了伤疤忘了疼，会把一切不合情理的幻想，据以为真。潘金莲的幼稚，也在这种原谅中体露出来。

但这种原谅，并不是真正的原谅，也谈不上高尚。不要以为这种原谅表现出一个人胸襟宽广，事实上，这种原谅只能表示一个人对内心的贪著无法割舍。看似原谅别人，其实是原谅自己，原谅自己先前的贪著心带来的伤害。因为这种原谅，一个人必将继续遭受贪嗔痴三毒的焚烧。她又重新将命运交付另一人掌中。究竟地讲，所有的原谅，都只能是自己对自己的。没有任何人有力量去原谅另一人，也没有任何人有可能被另一人原谅。

而一个人原谅现在的自己的唯一方法，就是对过去的过失不再原谅。唯有不再原谅过去的自己，才能同往日彻底告别。这样，在不原谅中，就被永远地原谅了。而一旦原谅以往的过失，则必至于重蹈覆辙。但对常人来讲，都没有这样大的勇气，来拴牢意马心猿，故而潘金莲此心一转，又牵引自己堕入恶涂。

如果潘金莲不说"好几日并不上门，教奴心里没理会处"，武松下面纵然再骂潘金莲，也骂不到那么理直气壮，金莲这种举动就是，别人还没拔刀，自家先把心口撞了上去。于是武松有了"表壮不如里壮""篱牢犬不入"的话。

武松再筛第二杯酒，对那妇人说道："嫂嫂是个精细的人，不必用武松多说。我哥哥为人质朴，全靠嫂嫂做主看觑他。常言道：表壮不如里壮。嫂嫂把得家定，我哥哥烦恼做甚么！岂不闻古人言：篱牢犬不入。"

若说前一番骂金莲，武松还有不得已的地方，那么，此次骂金莲，可谓毫无来由。因为对武大的安排和交待，都已经说清楚了，酒也喝了，一家三人正在融融洽洽地吃饭，武松突然重揭金莲伤疤，来这么一句。人人都以为武松前番打金莲脸已经够彻底，够不留情，不想武松之刀还可以更深入三寸。

前一番被骂，只有武松、金莲二人在，是金莲有过失在先。而此番被骂，却是当着武大的面，不仅当着武大，就连土兵也在一旁筛酒。武松当着土兵说这番话，正是不怕恶事出门。而这一次，金莲并没有招惹他。

武松血溅鸳鸯楼时，在墙上蘸血写下"杀人者打虎武松也"。留下"打虎"两字，是怕世人不知他的战绩。而他碾压潘金莲的经历，也像打虎一样，是不能不提的傲人传说。于是潘金莲被再次狠狠抽了一耳光。

这记又响又狠的耳光抽在金莲脸上，让她彻底断除了对武松的一切信赖，这信赖的背后是她虚构出的梦幻泡影的破碎。于是金莲——

一点红从耳朵边起，紫胀了面皮，指着武大便骂道："你这个腌臜混沌，有甚么言语在外人处，说来欺负老娘！我是一个不带头巾男子汉，叮叮当当响的婆娘，拳头上立得人，胳膊上走的马，人面上行的人！不是那等搊不出的鳖老婆！自从嫁了武大，真个蟥蚁也不敢入屋里来。有甚么篱笆不牢，犬儿钻得入来！你胡言乱语，一句句都要下落，丢下砖头瓦儿，一个也要着地。"

尤其令人毛骨悚然的，是最后一句。想想后来金莲毫不犹豫地答应王婆每日和西门庆私会，以及绝不犹疑地决定毒死武大，所有这一切，不能不说包含了对武松的报复。金莲这么做，不是报复武大，而是报复武松，因为"你胡言乱语，一句句都要下落，丢下砖头瓦儿，一个也要着地"。你这么认我，我就不辜负你，一样样做给你看。

这种性子，用好听的词，叫刚烈；用难听的词，叫狠毒。其实，刚烈和狠毒并不是两码事。唯刚烈之人能狠毒，唯狠毒之人能刚烈，其间的区别只在于，刚烈是因为强烈的爱，难忍能忍；狠毒是因为强烈的恨，难行能行。刚烈出于自重，狠毒出于憎人。对于不别善恶分际的人来讲，刚烈和狠毒之间，只隔着一层薄纸。把潘金莲心中这层薄纸捅破的人，正是武松。

武松至此，已彻底得偿所愿。前番，武松痛骂金莲。

此时，听到金莲痛斥武大，武松笑了。若真对金莲有一毫的顾恤和爱怜，武松此时便该说软话。但武松却是调笑的口吻，往金莲伤口上更撒一把盐。在刀柄已经没入金莲之躯干时，武松犹能飞起一脚，令匕首更进半寸。

武松笑道："若得嫂嫂这般做主得最好。只要心口相应，却不要心头不似口头。既然如此，武二都记得嫂嫂说的话了。请饮过此杯。"

"都记得嫂嫂说的话"，指什么话？明面上看，是记得金莲方才说的。但看武松刀刀所指，便知武松记得的是什么。先前，金莲曾说，"我不信！只怕叔叔口头不似心头"。金莲用这句话，是排兵布阵之计，是在试探，是进能攻退能守，给自己留一点余地。而此刻，武松说，"嫂嫂……只要心口相应，却不要心头不似口头"。这便不是试探，而是嘲讽；不是留条后路，而是"宜将剩勇追穷寇"，要斩便斩得彻底，要杀人便合灭门。

更厉害的，是武松后一句："武二都记得嫂嫂说的话了。请饮过此杯。"——"你若有心，吃我这半盏儿残酒。"嫂嫂的话，武二都记得，嫂嫂既然有心，不妨饮过此杯。武松真是做得一笔好文章。所有金莲埋下的伏笔，武松都要一一交待，一掌掌掴到金莲脸上，让她无计可躲。

这不能不令人惊叹武松是打机锋的绝世高手。他哪里"不会簇火"！他是顶尖高手装成绝无武功，对手的每一处破绽，都被他看在眼里，记在心里，你看他放过你，其实他是在不动声色地伺一个最佳的时机，"射人射马，擒贼擒王"，武松最精于此道。

于是，潘金莲哭着下楼了。

潘金莲之失（下）

一

武松来阳谷县前，潘金莲和武大是和睦的。家里潘金莲说了算，她是主。武松来了之后，二人变成三人。

几何学上，三角形有稳定性。但人的相处中，三角形最不稳定。三人里，往往有两人更近些。这样，被疏远的第三人，就容易渐渐脱离出来。就算一家三口，也是这样。如果孩子和父母的一方太近，近过了夫妇间的距离，家庭就危险了。

健康的家庭应是，夫妇最近，孩子稍远。孩子会渐有自己的小秘密，日渐成长，摆脱父母的羽翼，组建自己的家庭。这也是三人关系的分裂，但这种分裂是健康的。因为独立出的孩子和父母仍有血缘联系在。若夫妇间，将本该留给对方的信任与亲密留给了孩子，则会促成家庭分裂。

孩子不应夺走夫妻间的亲密，父母也不应。即便是儒家，也会认为，男人如果对母亲比对妻子还近，是不智的。对父母的爱与对妻子的爱是不同的爱。对父母的爱是孝之爱，是基于血缘的，不是基于理解。一个人爱戴父母，应和颜悦色地侍奉父母，却不能奢求父母理解你。而夫妻相处，则应努力追求彼此间更多的理解。

人要想对世界有着相似的理解，最好生在同样的时代，长在同样的环境下，有着相近的阅历。代际差异让这种理解变得困难。故而孔子说："事父母几谏，见志不从，又敬不违，劳而不怨。"

对待父母，强求他们站在你的角度上考虑问题，就是不仁，因为他们未尝经历和你一样的生命遭遇。对待配偶，若不求对方站在你的角度上考虑问题，就是不义，因为这构成二人共同生活互相扶持的基础。配偶关系是后天选择的。当一个人做出选择，就意味着，应有意愿在此后的生活中相伴终老，而父母、子女对自己的陪伴都是有限的。

故而，无论是父母，还是子女，都不应比配偶更近。同样是爱，但形式和内涵不同。对子女，是慈爱；对父母，是敬爱；对配偶，是亲爱。这三种爱，在分量上没法比较，但在距离上，亲爱要比敬爱、慈爱更近。即便单从身体的物理接触上，也很容易明白。亲爱的人，身体可以有密切的物理接触，慈爱和敬爱就不同。

父母、子女犹是如此，更不用说兄弟姐妹。如果有人和兄弟姐妹的亲近程度超过了配偶，必然会葬送婚姻。故而，在武松、武大、潘金莲的关系中，犯下最严重错误的，不是潘金莲，也不是武松，而是武大。

武大看起来是最无辜的。但正是这个看上去最无辜的人，做了最糊涂的事，亲手埋葬了婚姻，葬送了性命。

《水浒》的故事，表面上看，是金莲对武松的追求破坏了三人关系。实际上，这种追求恰恰减缓了三人关系的破坏。家庭分裂的真正原因，是武大和武松走得太近，将本是家庭主心骨的金莲瞬间边缘化了。如果有人对兄弟比对老婆还好，兄弟和老婆又同时在身边，这样的家庭不分裂才是怪事。

金莲有个疑问一直在，但直到彻底和武松撕破脸皮才说：

我当初嫁武大时，曾不听得说有甚么阿叔，那里走得来，"是亲不是亲，便要做乔家公。"自是老娘晦气了，鸟撞着许多事！

武大和金莲结婚一年，却从没告诉金莲自己有个亲兄弟。也就是说，武大向金莲隐瞒了身世。

任何有意的隐瞒，都会造成亲近关系的疏离。人之相与，虽不可能第一次见面就把所有经历告诉对方，不过，但凡亲密关系业已建立，若还有意隐瞒故事，一旦发露，便难长久。

亲密关系和隐私是互斥的。要互留隐私和空间，就不能绝无隔膜地亲密。和一个人亲，正因为他的隐私你知道，你的隐私他知道。他没跟别人说的话，跟你说了。这些共同珍藏的记忆，慢慢衍生成情分。

对潘金莲来讲，清河县所有熟悉武大的人，都知道他有个弟弟叫武松，金莲却不知。二人听闻有人打死景阳冈上的老虎，武大已想到八成是武松，却不把猜测告诉金莲。则金莲之心冷可知。

这只是其一。其二，金莲挑逗武松不成，对武大说武松调戏她，武大问都没问，直接说："我的兄弟不是这等人！从来老实！休要高做声，吃邻舍家笑话。"

武大问都没问，就断定武松不是这等人。依据是什么？不是对武松的了解，而是爱的盲目。一个差点杀死人在外逃亡的弟弟，在他眼里"从来老实"。更要紧的是，武大虽对考证此事原委一点兴趣都没有，却生怕邻居听到，惹人笑话。武大笃定地认为，他兄弟没错，便有错，也错在金莲身上。则金莲之心冷又知。

这只是其二。其三，武松再次羞辱潘金莲，是当着武大和土兵的面。金莲已无法忍受，跑下楼梯，武大在干什么呢？他屁股没动，依旧和武松喝酒。一个男人眼见老婆被人欺负，却不站在老婆一边，倒跟欺负老婆的人喝酒。金莲哭着下楼，武大不哭。武松要走，武大哭了。则金莲之心冷更知。

长成三寸丁谷树皮倒罢了，这等不尊重，不能不令金莲心寒。这三次心寒，一点点蚕食掉金莲对武大的旧情分，让金莲在内心深处，渐渐视武大为路人。

虽是路人，却还不是仇雠。令金莲视武大如仇雠的，不是武大捉奸，而是武大躺在病床上无法动弹时，依然不忘拿武松来恫吓金莲：

我的兄弟武二，你须得知他性格。倘或早晚归来，他肯干休！

这真是火上浇油。不提还好。不要忘记金莲对武松说过："我是一个不带头巾男子汉，叮叮当当响的婆娘，拳头上立得人，胳膊上走的马，人面上行的人！不是那等搠不出的鳖老婆！"

金莲被武松羞辱两次，明面上的生活依然没有变化。

没有变化，不见得是好事。一件事情变坏，人们总以为是眼前的偶然所致。但在佛家看，眼前的事只是缘，是条件，而事情的因、根本，则是一颗业种，在识海里翻滚。

武松对金莲的两次羞辱，武大令金莲的种种心寒，都让金莲越发感到这个家里的死死寒意与绝望，绝望在金莲心里埋下种子，种子在泥土下将根须越扎越深，外人却看不见。

武松离开了武大，他的话还算数。金莲每日同武大生活，但武大的生活却是一丝不苟地按照武松吩咐展开。武松叫他卖一半烧饼，他便卖一半烧饼。武松叫武大看住金莲，武大便把金莲像看贼一样看住。

> 武大道："由他们笑道，说我家禁鬼。我的兄弟说的是好话，省了多少是非。"那妇人道："呸！浊物！你是个男子汉，自不做主，却听别人调遣。"

"自不做主，却听别人调遣"，这还是把武大当自己人的话，意在提醒武大，我才是你老婆，武松是别人，你莫分不清远近。

武大摇手道："由他，他说的话是金子言语。"

什么是金子言语？在武大眼里，兄弟说的话都是金子言语。在金莲眼里，武松留给她印象最深的话是什么？——"武二不是那等败坏风俗没人伦的猪狗！嫂嫂休要这般不识羞耻！""岂不闻古人言：篱牢犬不入。"这些话，不知在金莲心里反复轰炸过多少遍。现在，睡在自己身边的人，自己唯一可依赖的丈夫，却说"他说的话是金子言语"。

在武大眼里，"金子言语"自然不是骂金莲的话，但武大太蠢，蠢人一开口便让人心里窝火。自己没察觉，却已深深刺痛了旁人的心，让人绝望得彻底。虽然绝望得彻底，金莲却没有行动。她已经心如寒灰了。心如寒灰的表现就是，连同武大闹的力气也没有了。

自武松去了数十日，武大每日只是晏出早归。归到家里，便关了门。那妇人也和他闹了几场，向后闹惯了，不以为事。自此，这妇人约莫到武大归时，先自去收了帘子，关上大门。武大见了，自心里也喜，寻思道："恁地时却好。"

　　武大的糊涂，体现在这里。他看到金莲先前跟他闹，现在不闹了，顺从了，就心里欢喜。却不知这顺从的背后，是再也无计弥缝的伤口，是恩断义绝的斩截。

　　金莲的糊涂，也体现在这里。并不是弱者在整个人生当中没有一个机会改变命运。只是，时机总在不经意间到来，隐微难见，又转瞬即逝。除非有足够的智慧和果决，才可以同往日彻底告别。而金莲，没有这种本事。

　　这个时候，闹是没用的。闹，只是情绪的外在发泄。外在要发泄，表明内里出了问题。内里的问题，源于金莲对武大的不满，武大对金莲的辜负。若金莲明白自己是何等人，就定知绝不可能同武大过一辈子，那就应当使出手段让武大写一纸休书。

　　金莲不是没闪过这种念头：

　　你要便自和他道话，我却做不的这样人。你还了我一纸休书来，你自留他便了。

　　但这是一时气话，不是当真。加上武大并没有留住武松，金莲的要求也就被取消了。倘若金莲能审时度势，就会明白，"一纸休书"应该是无条件的。不是"你要留武松时，便还我一纸休书"，而是"无论留不留武松，都要还我一纸休书"。一旦有条件，当条件取消，便迷失了处境，以为日子还可以凑合。金莲愿意凑合还因为，一旦被休，好不好再嫁，再嫁会遇见什么人，都有很大风险。

倘没有风险，人人都能做出选择。一旦面临风险，绝大多数人会选择暂时安稳——再忍忍，实在不能忍了再说吧。有这样心态的人，总要受人摆布。唯有勇者，才敢当机立断。武松和金莲都是硬性子，而金莲之所以不如武松，是因为武松是真硬，金莲是假硬。武松有杀人不眨眼的手脚，能一拨便转，一触即发，故而武松虽遭险境，却能绝处逢生，而金莲不能。

金莲的"假硬"体现在她并不能干预事情。在王婆处做衣服，王婆让西门庆出银子买些酒食犒劳金莲，金莲嘴上说"不消生受得"，却不起身。王婆说，"有劳娘子相陪大官人坐一坐"，金莲嘴上说"干娘免了"，却依然不起身。等买了酒，王婆喊金莲吃酒——

那妇人道："干娘自便相待大官人，奴却不当。"那婆子道："正是专与娘子浇手，如何却说这话？"王婆将盘馔都摆在桌子上。三人坐定，把酒来斟。

莫把金莲嘴上拒绝身子不动当成假意，这只说明金莲刚硬外表下的怯懦。她的拒绝毫无力量。她嘴上可以硬，实际行动上，却软得很。这和武松不能比。后来武松逼供金莲，金莲本欲不招，武松拔出匕首往金莲脸上一抹，金莲便招了。

金莲曾说武松，"只怕叔叔口头不似心头"。武松也曾说金莲，"却不要心头不似口头"。武松有本事做到心口如一，金莲却不能。所以金莲碰见武松，不能不被碾压。

同样是狠，武松是真狠，金莲是假狠。金莲杀武大，步步听从王婆安排，毒药也是西门庆拿来的。而武松杀人，一切都是自家筹备。金莲杀了武大，手脚都软了，干不了别的。武松杀人时，都不会忘记少付一文钱。

武松这种气质，构成了对金莲的极大吸引。金莲有慕于武松，非但在武松的长相和气力，还在武松的气概。金莲被捉奸，西门庆第一反应是躲到床下，金莲起身顶住门，骂西门庆："闲常时只如鸟嘴，卖弄杀好拳棒，急上场时便没些用。见个纸虎，也吓一交！"这种唾弃，同时也解释了金莲倾慕的会是何等人物。

金莲与武松略有相似，只是武松走得比金莲远得多，金莲是虾兵蟹将，武松是巨鲨猛鲸。武松对金莲，有一种内在的致命吸引，让金莲天生臣服。从清河县大户到西门庆，金莲从没在谁面前臣服过；但在武松面前，金莲臣服了。这种臣服,不是屈于武力,而是人格魅力上的倾慕。这倾慕,也是金莲丧身失命之由。

三

从我家到单位途中,有一条双柳遮道的青泥路,每到下雨,便有蚯蚓从泥里钻出,自在地爬到路上。过往行人很多,于是被踩碎碾死,横尸遍地。但下次雨后,依然会有无数蚯蚓爬上路面,迎接被碾死的宿命。

人为财死,鸟为食亡。无不像这些蚯蚓一样。佛家把这叫做先天无明。因为无明,不能觑破虚妄,心逐它流转,堕入轮回,永无了期。

人可以清楚地看出,蚯蚓爬上路面有多么危险,但蚯蚓还是不能抑止地这么做。一旦明白这点,再看潘金莲对武松的渴慕,就会对她的不能自已生起悲悯与可怜。

金莲是对未来抱有期待的人,是不能容忍生活一眼望到尽头而无任何变化的人。武松的到来,平添了一座雷池横亘在金莲面前。金莲的生命,要求她纵身跃向雷池,就像扑火是飞蛾生命的内在要求。

金莲对武松之关照,正是在向雷池靠近。她并非不知道,雷池不可越,一越便粉身碎骨,却按捺不住对禁忌的渴望。对武松的殷勤，正是金莲对禁忌渴望之外在体现。

武松带了土兵将铺盖行李搬回家里，金莲"却比半夜里拾金宝的一般欢喜，堆下笑来"，这种内心抑制不住的狂喜，就是危险的预兆。当一个人无法抑制内心狂喜时，遥远未来的悲歌正在奏起。

次日早起，那妇人慌忙起来，烧洗面汤，舀漱口水，叫武松洗漱了口面，裹了巾帻出门，去县里画卯。那妇人道："叔叔，画了卯，早些个归来吃饭。休去别处吃。"武松……回到家里，那妇人洗手易甲，齐齐整整，安排下饭食，三口儿共桌儿食。……吃了饭，那妇人双手捧一盏茶递与武松吃。武松道："教嫂嫂生受，武松寝食不安。县里拨一个土兵来使唤。"那妇人连声叫道："叔叔，却怎地这般见外？自家的骨肉，又不伏侍了别人。便拨一个土兵来使用，这厮上锅上灶地不干净，奴眼里也看不得这等人。"

金莲对武松的侍奉，不可谓不殷勤。此刻殷勤地侍奉武松，和后来对武松恨入骨髓，二者都是金莲狂心难歇的必然。要么，拼死地爱他；要么，拼死地恨他。总之，狂心需要个安顿处。武松，便是安顿金莲狂心的定针。

金莲对武松的好，不是清水无瑕的好，不是纯粹作为亲人的好，而是夹杂了爱欲的好。但两种迥异的动机，却完全不能体现在行迹上。因爱欲而起的照料，与因亲情而起的照料，落在行迹上，看不出差别。这便给金莲的放纵一个极大的遮掩。她可以借亲情之名，行渴慕之私。但难填的欲海，很快就让火烧到亲情的边界。

金莲对武松悉心备至的照料，在动机上是禁忌的，在行迹上又是允当的。步雷池而不毁，履行云而不堕，给金莲带来难以言喻的刺激。对追求命运新鲜感的人来讲，触碰禁忌是十分令人着迷而欲罢不能的事。而禁忌之所以成为禁忌，就在于它可能让自己粉身碎骨，这也正是它有致命吸引力的地方。

金莲完全不能控制和武松的叔嫂关系。正因无法控制，反而极大地刺激了她的热情，在她与武大之间，太容易控制，从而丧失了新鲜。她需要服侍一个人，听他颐指气使，得到"为奴"的快感，由此重燃自身的火光，祛除生命的尘霾。

"为奴"还是"为主"，并不在表面上。不是说，你听我的话，我就是主，你就是奴。不是说，我好生服侍你，你就是主，我就是奴。而是说，我所做的一切，是否可以影响乃至决定二人关系的走向。如若不能，我就是这重关系的奴；如若可以，我就有化奴为主的可能。在恋爱关系中，有人低三下四地讨好追求，并不代表甘愿为奴，恰恰相反，是不甘为奴，是想对这段关系取得掌控的手段和资格。

但是，若究其实，为主为奴，却全然不在对关系的掌控，因为在究竟的层面上，凡人没有力量掌控任何关系。一旦缘法变化，关系必然跟着变。一个人不能控制自己爱一个人，也不能控制自己不爱一个人，更遑论控制别人的爱与否。那么，自己的一切举动，对欲望的攀缘与追逐，为之付出的一切心力，都不啻痴心妄想。

但这样的妄想有时候会以虚幻的影像呈现出来，让人以为真的接近了，以为长久的付出终于有了回报，以为再向前一步就可以掌控，就真能主宰自身命运。而金莲，就是一步步看到这样的泡影越来越大，越来越真实。

过了数日，武松取一匹彩色段子与嫂嫂做衣裳。那妇人笑嘻嘻道："叔叔，如何使得！既然叔叔把与奴家，不敢推辞，只得接了。"

这种甜蜜，更百倍于武松搬来家住的欢喜。正因金莲有了对禁忌的渴望，一丁点儿的甜头，就会被她放大许多倍。在她眼里，这是武松对自己真心的回报，没有任何悬念和疑虑。

武松不经意的举动，被金莲解读出诸多隐晦和双关。于是，金莲就在一念心喜当中被风吹飘，眼见泡影越变越大。殊不知，在它变得最大最真实的一刻，正是破灭前的一瞬。

而所有这一切，都只呈现在金莲的心地上。生活的水面，不曾生起任何变化，日子流水一般，日出日落地过。而金莲之心，却在业风吹打中，不断地飘荡，悄然地改换。她已然在与武松的相处中，一次又一次地被强烈的欲心熏染；同时，又囿于礼法，有一种克制的力量和禁忌的渴望相抗衡，旷日持久的缠斗在波澜不惊的水面下暗流汹涌。

不觉过了一月有余。看看是十一月天气。连日朔风紧起，四下里彤云密布，又早纷纷扬扬飞下一天瑞雪来。怎见得好雪？正是：尽道丰年瑞，丰年瑞若何？长安有贫者，宜瑞不宜多。当日那雪直下到一更天气，却似银铺世界，玉碾乾坤。

《水浒》的笔法就像中国的山水画画法，所谓"深山藏古寺"，纸面上见不到一座寺，却有老僧在井边汲水。金莲内心的汹涌风暴见不得，却见得十一月的天气连日朔风紧起，彤云密布。而这朔风、这彤云，终于酝酿出纷纷扬扬一天瑞雪。当瑞雪落下的时候，郁积的地火不能不喷涌而出，带着岩浆将自己烧作灰烬。

这一日，武松清早便去县里画卯，直到日中还没回来。房间里的炭火，已被金莲簇好，酒肉也已备齐。人却没有影子。

那妇人独自一个，冷冷清清立在帘儿下，看那大雪。

漫天漫地的大雪，是最教人绝望的。孤白一片无边无际，像灰暗的生活望不到尽头。倘一个人有所求，又求不得，这无边的飞雪就会激起她冲破禁锢的心。哪怕堕入深渊，粉身碎骨，也在所不辞。因为她不能休歇的狂心，业已挣扎到极限。故不能对目下的生活再有任何眷恋。只期冀哪怕有一丁点儿改换也好。于是金莲——

心里自想道："我今日着实撩斗他一撩斗，不信他不动情。"

心是绵绵密密的，无时不在流转。流转至此，亦是不得已之结果。若说金莲的一错再错，归根是错在这里，却是鲁莽的断见了。只因此番之撩斗，不知已在多少残漏声中辗转反复，在多少中宵梦魂里不断上演。若不了解此番挣扎，已然在金莲心里重演过千百回，便决计不能看懂如下场面：

簌簌的飞雪正铺天卷地。阁楼上，火盆已经生了，酒已经暖了。有个女子，冷冷清清站在帘下，等一个人归来……

武大郎之哀（上）

孔子说：知及之，仁不能守之，虽得之，必失之。

都说武大郎的悲剧是因为长得丑，潘金莲看不上他，这是皮相之见。皮相之见并不可怕，但由皮相之见迁延，生出许多邪见恶见，就可怕了。

这个世界的很多恶意，起初只是因为一念糊涂，不晓事，最终酿成大恶。所以佛教说，犯杀戒的有多种，有人因贪心犯，有人因嗔心犯，这些都还不是最重的；最重的，是因为痴心犯杀戒。如果是贪图财物而杀人，或者仇恨而杀人，只要给你更多的财物，消解了仇恨，就没有再杀生的理由。但痴心不一样，我想试试刀利不利，想练练胆子，杀个人看看，就有莫大的罪过了。

武大郎的悲剧，源于他至死不清楚自己的糊涂。他见不到自己的过失，总以为一切源于命运的不幸。既然见不及此，就更谈不上悔改。所以，武大的命运，实难转变。菩萨要度化众生，潘金莲是好度的，西门庆也不难度，但武大就特别难了。

武大不认识宋江。武大是武松的哥哥，宋江也是武松的哥哥。宋江这面镜子，能鉴照出一个截然不同的武大。武大生得丑，生得矮，生得黑；宋江也生得丑，生得矮，生得黑。宋江住在郓城，没有人不给他面子。郓城最好的女子嫁给宋江，也不会觉得跌了份儿，没有人在背后嚼舌根说丑话。但换成清河的武大，就不一样。这种区别不在家境，不在身份，而在一人有力，一人无能。武大的破落，根本不是因为"三寸丁谷树皮"。

武大的悲哀，在于他总是倚赖别人，从来不能自立。

武松回到阳谷县，在街上撞见武大，武大开口说：

武都头，你今日发迹了，如何不看觑我则个！

想想，亲兄弟，一年多没见了，突然在街上撞见，正常人应该怎么说话？

二哥，你什么时候回来了，如何也不来家里看看！

武大称呼兄弟为"武都头"，正如父亲称呼儿子为"王县长"。弟弟看兄长，这是孝悌之义，跟发迹不发迹没有关系。但武大要说，"武都头，你今日发迹了"。

注意，武大这句话是当街说的，当着众人的面。

我小时候，见过很多乡下人逗小孩："娃，将来当大官了，还认不认得姨呀？"

或者笑着说："现在给你糖吃你怪喜欢，等明儿长大当官了就不认得俺喽！"

这就是小农意识。武大就有根深蒂固的小农意识。弟弟走到哪儿也该看兄长，武大却说，"你今日发迹了"。一个区区小都头是多大的迹呢？而武大之识见如此。

这话不好听。武大一张嘴，就说难听话。好在武二习惯了，不以为意，要换成旁人，就不招待见了。武大说话难听，武松对他说话也不客气，和潘金莲撕破脸之后，武大问武松，武松说：

哥哥不要问，说起来装你的幌子。

兄弟相处，虽然情分重，但言语刻薄，极不中听。

这不是小事。亲人之间，言语上如不能互敬互爱，有过失处又不能检点自省，会有超乎意料的糟糕后果。武大在清河住不下去，搬到阳谷县紫石街。表面上看，是因为娶了个花枝招展的老婆，有浮浪子弟前来调戏。内里讲，是因为武大不会搁人缘。不会搁人缘的最重要原因，就是说话难听。

一个人如果没什么本事，别人也就很少有事相求。你没能力帮上别人的忙，也就轮不到你拒绝别人。既然没本事成别人的事，通常也没本事坏别人的事。那么，影响别人对你印象好恶的，只有一条，就是说话。

武松和武大都是说话难听的人。这当然与自小的家教环境有关。《水浒》中未见记载武家父母，想必兄弟二人自小失怙，受欺侮凌辱恐不可免。被欺辱的人有两种反击方式，一种是拳头硬，你敢欺辱我我就打你，把你打怕。武松就是这一种。还有一种，打不过人家，怎么办？骂。嘴上不骂，心里骂。

越是穷，越是家教坏的环境，成长起来的人越容易有这样的心理。他把自小遭受的欺压和凌辱，转变成一种仇恨，这种仇恨也许是隐微的，是怨憎心暗暗埋下种子。哪怕是平时待人和气，也不能表示一个人内心没有纷繁的怨憎种子。很多时候，表面上的和气不是因为内心的善，而是因为造恶能力的不足，怕吃亏。不是不想跟人计较，而是不敢跟人计较，一计较起来，更没自己好果子吃。但是，内心的情绪其实是掩藏不住的，发自内心的宽容和善意与怕吃亏而伪饰出来的截然不同。情郁于中，必然发之于外。发之于外，就是说话难听。说话难听背后揭示的本相，是办事无能。

孔子讲，巧言令色，鲜矣仁。和说话难听相对的，并不是嘴巴甜，而是说话得体。嘴巴甜很有可能是另一种过失。因为有求于人，想利用别人，所以嘴巴甜。把"巧言"和"令色"放到一块，就是这个缘故。令色是好看的脸色，当着别人的面，嘴巴很甜，脸色很好看，一扭身，脸就拉下来了，恶毒的话就讲出口了。在佛家看，"恶语"和"绮语"同样是过失，都造下口业。

一个人很难掩饰内心所想。武大初见武松回来，对他说，我又怨你，又想你。这话就颇不得体，像是情人之间的话，挪作兄弟用了。但这种不得体是绮语，会让武松高兴，它流露出武大对武松的倚赖，是对武松价值的证明与肯定。武松是极重虚荣心的人，自然会接着问下去："哥哥如何是怨我，想我？"

这种话，原不必问。武松之所以要问，是想听武大亲口说出来，再滋润一下自己的骄傲。但武大不会讲话，讲出了实话，反而难听：

武大道："我怨你时，当初你在清河县里，要便吃酒醉了，和人相打，如常吃官司，教我要便随衙听候。不曾有一个月净办，常教我受苦。这个便是怨你处。想你时，我近来取得一个老小，清河县人，不怯气都来相欺负，没人做主。你在家时，谁敢来放个屁。我如今在那里安不得身，只得搬来这里赁房居住。因此便是想你处。"

"常教我受苦"，这是抱怨；"谁敢来放个屁"，这是倨傲和憎恶。一个无能的人，对外物怀有无端的怨憎，又不知收敛，言语中每每发之于外，对兄弟尚且如此，就不难想象对他人了。

好听的话，该怎么说呢？

"你我一母同胞，你不务正业，成日和人吃酒打斗，不能成家立业，教我犯愁，这个便是我怨你处。你吃了官司，一年不归，不知下落如何，教我挂念你在外头吃苦，这个便是我想你处。"

——本来好听的话，令人欢喜的话，被武大硬生生说难听了。武大对郓哥怎么说话？"含鸟猢狲，倒骂得我好！"鸟，是男性生殖器。武大既贫穷无势，讲话又如此难听，在清河县混不下去就太正常了。

说得难听，不仅仅是说的问题，更是心地问题。武大在发心上，处处不是为武松，处处是为自己。怨武松，不是怨武松不成器，是怨武松吃了官司，给自己添麻烦。想武松，不是惦念武松的饥寒，是想没人给自己做主。

这样的发心，将武大的无能体露无疑。武大与人相处，只图从人家身上得到些好处，全然不信自己有能力给予他人。他对自己的无能笃信不疑，坚信自己是个窝囊废，只能靠别人救济。

像武松搬进武大家，就是武大可以帮助武松的地方。本来这事可以由武大提出来，但武大不提，是潘金莲提的。潘金莲提出来了，武大才附和。关键是，附和的理由如下：

> 大嫂说的是。二哥，你便搬来，也教我争口气。

"教我争口气"这种话，金莲何时说过？知县眼里，搬来住是"孝悌的勾当"。金莲眼里，搬来住是亲兄弟合当如此，在家干净方便，比外头舒服。而武大眼里，武松搬来住，是自己长面子。

武大极看重面子。正因为里子已是一团败絮，才对面子看得分外重，金莲说武松调戏他，武大说："休要高做声，吃邻舍家笑话！"武松也拿"装幌子"堵他，可见武大的无能，已经到了极致。

潘金莲之所以看不上武大，最根本的原因是这个，而不是他丑。

潘金莲调侃说武松在东街上养着一个唱的，武松说绝无此事，不信可以问武大，金莲便说：

他晓得甚么！晓得这等事时，不卖炊饼了。

金莲这话极有见地。卖炊饼不是因为穷，不是因为别的谋生之计都不会，而是因为不晓事，因为脑子糊涂，对世间百态看得不清晰。脑子不行，只能卖炊饼。脑子不行不是说智商低，智商低还有救，全然看不见自己的过失，自暴自弃，就没救了。

孔子讲，唯上智与下愚不移。为什么下愚不移？难道笨人就没法教育好了吗？宋儒解释说，下愚之所以不移，不是不能移，而是不肯移。一个人如果笃定地坚信自己无能，坚信自己是窝囊废，那就没办法了。谁也救不了他。就像有人笃定地以为自己找不到对象只是因为丑。将一切挫败归因于自己毫无能力改易的地方，就是下愚。武大郎就是如此。

这种无能带给别人绝望。让最亲近的人对自己仅有的信心也丧失掉。所以金莲说武大，"晓得这等事时，不卖炊饼了"，与其说是批评，不如说是绝望。正因为对自己没有一丝信心，没有一点愿力，只好一生一世卖炊饼，生生世世卖炊饼。

武大的无能临死都没有任何改移，在被毒死的那天晚上，武大央求潘金莲救他，说了一句话，正是这句话，让潘金莲坚定了杀他的决心：

武大道："你救得我活无事了，一笔都勾，并不记怀。武二家来，亦不提起。快去赎药来救我则个！"

这是命令和威胁。因为无能，更要威胁。因为威胁，愈发显出无能。须知，恳求人的言语，未必不包含着威胁；而威胁人的言语，未必不包含着恳求。当你讲出威胁，反倒触动听者洞穿威胁，看到背后的无能和恳求。而你讲出恳求，未必不能令听者警觉到背后的威胁。

换我是武大，会如何说？

"大嫂，你我夫妻一场，我怕是活不了多久了，白白耽误了你的好年纪。我是没福分的人，原娶不上你。阴差阳错娶了你，又没有福分消受。我若死了，又怕武二不知情，迁怒到你头上，不如早早给你写封休书，你自找个好人家去。"

王婆之所以要毒死武大，只是想要一封休书，武大如果能洞穿这一点，就不致赔了性命。之所以赔了性命，表面上看，是说话难听，细究其理，则是不能割舍本来就不属于自己的、超出自己驾驭能力的东西。

武大郎之哀（中）

以武大的条件，本来娶不上潘金莲。潘金莲得罪了大户，大户把她配给武大，等于天上掉馅饼，让武大捡了个便宜。

很多人爱捡便宜。但便宜有后亏。它滋长人的侥幸心理，让人把本不属于自己的东西当作属于自己。比如，"我的运气"，这种说法就透露出错误的见解。实际上，我是我，运气是运气。我和运气是两码事，我从来不曾拥有运气，只是在某个时候，偶然撞上了运气。说"我的运气"，就容易把运气看作是"我的钱""我的房子"一样，以为恒为己有——"穷怎么了，运气好，照样讨个好老婆！"

赌博滋长邪见的一个重要原因是，它让人——至少在暂时的状态下——忘乎所以，以为真存在"点儿"这回事：今天坐在东边就能赢，坐在西边就点儿背。迷信和不迷信，也不是恒久的。一个不迷信的人，在特殊的环境氛围下，也会相信毫无道理的东西。譬如在牌桌上，一个人的牌越来越顺的时候，就倾向相信今天真的运气好。每一次赢钱都巩固了他这个认知。于是，本身无法站得住脚的判断，变得越来越坚固。所以，谈一个人迷信或者不迷信，都是虚的，要结合具体的时机和氛围看。

但牌桌上的运气也不是不存在。真正的运气是牌技，甚至是打牌的心态。它是恒久伴随你的东西。如果你把这看作运气，就是好的。曾国藩说，"不信书，信运气"，实际上曾国藩丝毫没有少读书，也没有少克己。他只是不居功，把克己带来的巨大报偿说成"运气"。这是为了提醒自己莫懈怠，莫自满，明明有很大本事，却要警策自己：不要得意，你什么本事都没有，你只是运气好。但愚痴的人反过来：别看我没有本事，但我有运气！

所谓"逆袭"，并不存在。武大娶了潘金莲，表面上看，是逆袭。其实是为未来的祸胎埋下种子。人们在一般的事情上，对逆袭还不太相信；但在找对象上，往往很愿意相信有"逆袭"。这是一种变相的迷信。所谓迷信，就是不相信因果，不相信种豆得豆，相信守株待兔。不相信因果的根源，在于自身的贪欲，因为贪欲，不肯放弃对不劳而获的幻想。总以为，不劳而获虽然不是常态，但总会偶然地发生；虽然不至于发生到每个人头上，但不排除发生到自己头上。

想到"不排除"三个字，就已经陷入了邪见，昧了因果。于是思量：我虽然没考上好学校，没找到好工作，没什么本事，但如果找到一个好老婆，嫁给一个好老公，房子、车子，什么都有了，一步就可以到位。十之八九的人，想过要嫁娶一个让周围所有人都对自己刮目相看的人。想在把对象带出来的时候，所有人惊叹："真看不出来，他居然有本事找到这样的对象！"

在惊叹声中，枯萎已久的虚荣心得到滋润，从前被人看不起的地方似乎一下子被推翻，自身的价值重新得到证明——愚痴的人，陷于这种想象，对天上掉馅饼的事情极度饥渴，从而荒怠了本当从事的劳作。在佛教看，这种人流转于畜生道和饿鬼道，非到贪婪心铲除，不得解脱。

所以，永远不要忘记孔子的话："知及之，仁不能守之，虽得之，必失之。"

武大郎娶了潘金莲，如果他还有一点聪明，也应当认识到：这种意想不到的运气的发生，丝毫无补于他的无能，反而给他带来危险。应当知道，来到身边的不是潘金莲，而是天花板上一顶悬悬欲坠的绿帽子，说不定哪天就掉下来了。要化解这种危险，正确的手段是迁善改过，消除无能。但武大郎十有八九会说："我改甚么！我又不杀人放火，作奸犯科！"

世俗人的愚痴并不比武大郎的少。这种愚痴典型地体现在对逆袭的渴望上，对不劳而获的幻想上，对运气的确信上。试问，把你梦寐以求的东西都给你，你配得上吗？把你想要的名望、地位、财富，统统都给你，你有本事消受吗？

所以，上天只会等一个人历尽千辛万苦后，才给他一点点，这不是吝惜，而是慈悲。轻易给你，是害了你。你的智慧与力量原本配不上。艰苦之所以必要，是要你经此磨难改掉过失，获得智慧，焕发力量，渐渐可以配得上更好的事物。

武大自始至终，所遇的挫败，没有一样能令他反观自省，察觉过失。从清河县搬到阳谷县，是因为武大没朋友。没朋友的原因，是因为他没有本事，又说话难听。

如果你说话难听，但有点本事，能帮得上别人，也可以。武松虽然有时候说话难听，但武松有本事，有人需要他。而且，武松并不是对谁说话都难听，武松脑子比武大精明太多：

自从武松搬将家里来，取些银子与武大，教卖饼馓茶果请邻舍吃茶。众邻舍斗分子来与武松人情。武大又安排了回席，都不在话下。

武松交待了，武大才安排。可见武松会搁人缘，武大不会。大雪天里，武松说，"便是县里一个相识，请吃早饭。却才又有一个作杯"。这时武松刚到阳谷县不久，就有朋友了，而武大在阳谷县住了一年多，没见有什么朋友。

武大跟街坊的关系也不好。如果跟王婆关系好，王婆就不会轻易帮西门庆偷他老婆；如果跟其他邻里关系好，偷情之事不会一条街都沸沸扬扬了，武大还蒙在鼓里。武松回来之后，没有一个人主动找他说武大的事。

武大的不幸，很大程度来自他内在的缺陷。可怕的是，一个人无能的时候，他内在的种种缺陷，会被"无能"遮掩住，以至于显得好像除了无能并没有别的缺陷。实际上，无能不是缺陷，而是缺陷的结果。正因为有太多缺陷，才体现出无能。世人昧于此，看不到无能所遮蔽的根源，反而把无能迁延为另外的原因——老实。武大为什么被人欺负？"因为他老实。人善被人欺，马善被人骑，做人不能太善了。"

试翻《水浒》，哪一句话哪一个字体现出武大的老实？

我没找到。

或曰：潘金莲对武大说武松调戏她，武大说，你别声张，别叫邻居听见了笑话。

这是老实吗？这是窝囊。你至少应该调查一下情况，到底有没有调戏，谁调戏了谁。调戏了怎么办，没调戏怎么办，事情是怎么弄成这一出的。冤有头，债有主。杨雄那么糊涂的人，听了潘巧云告状，还把石秀赶走，说明杨雄虽然糊涂，至少还有勇气。而武大连弄清事实的勇气都没有。

或曰：没有勇气，怎么敢去捉奸呢？

答曰：捉奸不能表示有勇气，只能表示没智商。捉奸西门庆的事是在什么情况下拍板的？——喝酒之后。是在谁的鼎力支持下拍板的？——郓哥。郓哥为什么要支持武大捉奸？他是武大的朋友吗？不是，上文已经说了，武大没有朋友。

郓哥本是要让西门庆照顾他的生意，却被王婆打骂了一顿，心下有气，才想通过武大的手，报复王婆和西门庆。武大只是郓哥报复王婆的一把刀。

郓哥是怎么激怒武大的呢？

郓哥见了，立住了脚，看着武大道："这几时不见你，怎么吃得肥了？"武大歇下担儿道："我只是这般模样，有甚么吃得肥处？"郓哥道："我前日要籴些麦稃，一地里没籴处。人都道你屋里有。"武大道："我屋里又不养鹅鸭，那里有这麦稃？"郓哥道："你说没麦稃，你怎地栈得肥奔奔地？便颠倒提起你来，也不妨，煮你在锅里，也没气。"武大道："含鸟猢狲，倒骂得我好！我的老婆又不偷汉子，我如何是鸭？"郓哥道："你老婆不偷汉子，只偷子汉。"武大扯住郓哥道："还我主来！"郓哥道："我笑你只会扯我，却不咬下他左边的来。"武大道："好兄弟，你对我说是兀谁，我把十个炊饼送你。"郓哥道："炊饼不济事。你只做个小主人，请我吃三杯，我便说与你。"

郓哥是个十分狡猾的人。王婆最后死得很惨，死在谁头上呢？可以说，死在郓哥头上。就因为王婆起先打了郓哥一顿。别以为这样的小孩你就得罪得起，他虽然自己没有报复的力量，但他懂得借刀杀人。武大武二依次充当了郓哥的刀。潘金莲与西门庆偷情多日，要不是王婆偶然打了郓哥，武大还会继续蒙在鼓里。

郓哥和王婆，这一老一小，都有手段赚人。王婆设计赚潘金莲，人人都看得出阴险，但鲜有人看得出郓哥赚武大的狡诈。

见了武大，先不说："大郎，你来，我跟你说个事儿。"

要是一般人，就这么讲了。自以为懂点沟通技巧的，会如此开头："有一件事，我不知当讲不当讲。"或者："想跟你说一件事，又怕你生气。"

如果这样讲，武大会想，我老婆偷人，跟你有什么关系，为什么你要巴巴找到我跟我讲？一了解，噢，原来是王婆刚刚打过你一顿，你是想让我报复。这么一想，可能就通过别的手段报复了。

所以郓哥装成不经意，先绕了几个弯，骂他是鸭子。而且完全是讲正事的口吻："我前日要籴些麦稃，一地里没籴处。人都道你屋里有。"

"人都道"，这三个字，是为后面做铺垫，意思是，虽然你蒙在鼓里，但满大街都知道啦，你说你是不是窝囊废。

武大不信老婆偷汉子，郓哥说："你老婆不偷汉子，只偷子汉。"又说："我笑你只会扯我，却不咬下他左边的来。"

俗人骂架，喜欢用这招激将："你在我面前怪厉害，有本事冲谁谁去。"心眼儿不够的人受此一激，就去了。郓哥"咬下他左边的来"这言语，更比寻常人的激将恶毒百倍，是要在武大面前描绘他老婆偷汉子的具体细节，以激起他的愤怒。当一件丑事只是抽象的概念时，虽然也令人愤怒，但还可以容忍，而一旦思量下去，呈现出具体的场景细节，愤怒就会暴涨百倍。郓哥深谙这一点。他的狡狯，绝不在王婆之下。

本来是郓哥主动要把此事告诉武大，到后来，似乎是武大求着他，请他喝酒，他才勉强同意说出。郓哥让武大请他吃三杯，绝对不是为了吃酒，后来郓哥也命酒保"酒便不要添了"，那为了什么呢？为了找个适合说话的场所。郓哥去找武大的路上已经想好如何支使武大，这么长的计划，路边三言两语说不清，就算说好，很可能武大回头走两步又悔改了。所以要找个喝酒的地方，边说边喝，边喝边说，从长计议，这事就没跑儿了。

武大挑了担儿，引着郓哥，到一个小酒店里，歇了担儿，拿了几个炊饼，买了些肉，讨了一旋酒，请郓哥吃。那小厮又道："酒便不要添了，肉再切几块来。"武大道："好兄弟，你且说与我则个。"郓哥道："且不要慌。等我一发吃了，却说与你。你却不要气苦！我自帮你打捉。"

郓哥的奸险，更体现在他和武大进了酒馆，却并不着急说。这是和愚昧的人交流的一种策略。愚昧的人听取别人的计谋，往往不是因为计谋高明，而是因为得到计谋的成本高。愚昧的人没有办法判断出一样计谋的真正价值，却会通过得到计谋的成本来推定它的价值。再高明的计谋，一下就告诉愚昧的人，他是不会接受的，因为来得轻巧。如果他花费了很多金钱和精力，才得到一样计谋，纵然糟糕如狗屎，他也会奉若神明——因为他不肯承认自己业已花费的许多心血就值一团狗屎，纵然事实屡屡用铁证否决了他的判断，但他从来没有勇气直面这点，于是，只能任人摆布。

郓哥看时机成熟，才告诉武大，自己被王婆打了一顿，"我方才把两句话来激你。我不激你时，你须不来问我"。被王婆打的事实，和激武大的理由，不是不能说，而是要在适当的时机说。时然后言，人不厌其言。此时说出来，是要让武大明了，他是站在武大这边的，他们同仇敌忾。至此，武大已经完全中了郓哥的圈套。

喝了酒，又有郓哥的怂恿，这事儿就定下了。一个很怂的人喝了酒突然不怂了，那不叫不怂，叫蠢。在郓哥、武大二人定下捉奸的计划之后，书上写了一笔不经意但很有味道的细节。

郓哥得了数贯钱，几个炊饼，自去了。武大还了酒钱，挑了担儿，自去卖了一遭归去。

武大郎接着卖炊饼去了。

——心真大！

知道自己做"鸭子"了，先把炊饼卖完再说。这就是武大的风格。我们且看武松办事什么风格：提刀找到何九叔，得到想要的话，立马起身找郓哥。提刀找到药铺主管，问你要死要活，主管说西门庆在狮子楼，武松听了，转身就走。

而武大照常卖完了炊饼，回了家，见了潘金莲，一句话都不提。要说在今天，捉奸证据可以拿出来打官司，牵涉到分财产，还可以理解。但武大郎不存在这个问题。他只需要搞清楚有此事没有，如果有，怎么办？放着潘金莲在，他不问。郓哥说，你回家莫吱声，明天我帮你捉奸，他就听信郓哥的，万一郓哥骗他呢？

如果武大当面质问，会是什么情况？我以为，以潘金莲的性格，十有八九会承认。承认了，怎么办，是下一步的事。就算武大定要杀人，也未尝不可以分开杀。如果潘金莲不承认，再捉奸未为不可。退一万步，就算不当面质问，至少可以旁敲侧击，了解点线索。但武大很沉得住气，绝口不提。

为什么沉得住气？因为武大一辈子没做过比捉奸更加惊心动魄的事。他太渴望得到一个展露血性的机会了，况且还有郓哥这样的"坚实后盾"呢。他心中隐隐有对捉奸一事的渴望，这是其一。其二，郓哥交待了他不要说。如果单看武大处处听从武松的交待，还以为是武大信赖亲兄弟才如此，若再对比武大听从郓哥的交待，就会发现，实际上，武大是个没有能力做出任何决定的人，他需要别人对他发出指令。对于别人发出的一切指令，武大几乎都没有能力说出一个"不"字，除非另一个人发出相反的指令。

尤其精彩的是第二天早上。

且说武大挑着担儿，出到紫石街巷口，迎见郓哥，提着篮儿在那里张望。武大道："如何？"郓哥道："早些个。你且去卖一遭了来。他七八分来了。你只在左近处伺候。"武大云飞也去卖了一遭回来。

武大问如何，郓哥道早些个。这句太传神。

当时的郓哥，十五六岁，是未成年人。武松二十五岁，可见武大比郓哥至少大十岁。武大肯定也不是五十开外的老汉，他和武松一母所生，古代妇女的生育年限很难超过二十五年。一个正当壮年的人，想要捉自己老婆的奸，去问一个小孩时机成熟了没有，能不能动手？小孩说，别急，你先去卖一轮烧饼。他就"云飞也去卖了一遭回来"。

武大为什么要问"如何"？因为他勇气不够。他在开干之前，既激动，又恐惧，以至于一个小孩的支持都对他无比重要。从他听从郓哥的命令，就可看出他的无能和依赖别人到了何种地步。郓哥命他先去卖烧饼，他跑得像云一样快，是因为他这样执行力很差的人，在将要执行一个艰巨任务的时候，突然碰见了能胜任的任务，所以"跑得比谁都快"。

这次捉奸，可以说是成功了，也可以说是失败了。说成功，是因为的确证实了奸情。说失败，是因为并不如武大期待的表现出了自己的血性。但即便就成功的一方面看，也主要归功于郓哥。他成功牵制住了王婆，而且在与王婆互骂的一来一往中并没有落下风。这十分不易。

论骂街，男人骂不过女人，少女骂不过老妇，一般职业骂不过六婆。六婆当中，稳婆骂不过药婆，药婆骂不过师婆，师婆骂不过媒婆，媒婆骂不过牙婆，牙婆骂不过虔婆。虔婆骂不过谁呢？虔婆骂不过马泊六。而王婆，就是一个职业马泊六。所有马泊六该有的属性，她都有。看王婆与西门庆的对话，就晓得她有一口利齿了。本来，阳谷县的骂坛几乎要推她为尊。此时，郓哥出场了。真是后生可畏，焉知来者之不如今也。

却说郓哥提着篮儿，走入茶坊里来，骂道："老猪狗！你昨日做甚么便打我？"那婆子旧性不改，便跳起身来，喝道："你这小猢狲！老娘与你无干，你做甚么又来骂我？"郓哥道："便骂你这马泊六，做牵头的老狗，直甚么屁！"那婆子大怒，揪住郓哥便打。郓哥叫一声："你打我！"把篮儿丢出当街上来。那婆子却待揪他，被这小猴子叫声"你打"时，就把王婆腰里带个住，看着婆子小肚上，只一头撞将去，争些了跌倒，却得壁子碍住不倒。那猴子死顶住在壁上。

这一切，都和郓哥前一天的计划安排，半点不差。不要觉得王婆能够算准潘金莲的每一步就够老辣，还有人能算准王婆的每一招。前一天，郓哥对武大说：

> 我便先去惹那老狗，必须来打我。我先将篮儿丢出街来，你却抢来。我便一头顶住那婆子，你便只顾奔入房里去，叫起屈来。

每一个细节，都控制得十分完美："惹那老狗，必须来打我"，王婆果然来打他；他要在王婆来打他和打到他的电光石火的间隙，把篮儿丢出街，还要丢对位置，如果早一点，王婆看见武大，就拦住了；晚一点，王婆打倒了郓哥，武大还没有跑过来，计划就破产了。但郓哥有备而来，绝无舛误，连牵制住王婆所用的体位——头顶小腹，都推进得毫厘不爽。

郓哥机灵，要挑事，便说"你昨日做甚么便打我"。昨日的事已经过去了，今日再提，只是个幌子，要师出有名，声东击西，激怒你。王婆这个"老油条"成功地被郓哥激怒。然后叫一声"你打我"，是信号，叫了就丢提篮，丢了就撞王婆的肚子，行云流水，一气呵成，为武大争取到了最佳的时间和空间。但武大的表现呢？不尽如人意，辜负了郓哥的神助攻。

只见武大裸起衣裳，大踏步直抢入茶坊里来。那婆子见了是武大来，急待要拦当时，却被这小猴子死命顶住，那里肯放。婆子只叫得："武大来也！"那婆娘正在房里，做手脚不迭。先奔来顶住了门。这西门庆便钻入床底下躲去。武大抢到房门边，用手推那房门时，那里推得开。口里只叫道："做得好事！"

武大捉奸前，先把衣裳给脱了。打擂脱衣裳，不仅是为了伸手方便，还为了在气势上压倒对方。许褚这么干，叫裸衣，可惜武大不是许褚。武二郎杀西门庆时裸衣了吗？没有。但武二郎提了剜心尖刀。武二郎的剜心尖刀被西门庆踢中手肘，掉了，没用上。和打虎时的哨棒一样，最大的利器没使上劲儿。但武二郎照样打死了吊睛白额虎，割了西门庆的头。有这种本事，依然带棒提刀，是狮子作风——搏象用全力，搏兔也用全力。但武大绸缪一夜，却不知带刀，倒把衣服给脱了。武松临走前对潘金莲说，"表壮不如里壮"。当时武大在座。捉奸裸衣是表壮，杀人带刀是里壮，武大听了武松的战略安排，却没有学到武松的战术技巧。

当时是什么时节？武松离开阳谷县，"去时新春天气，回来三月初头"。武松回到家，问哥哥死得几日了，潘金莲说："再两日，便是断七。"之前"病了八九日"。可见挨这一脚时，正是农历正月。后来郓哥回忆，自己挨打是正月十三，武大挨踢是正月十四。农历正月的山东，裸起衣裳去打架，推门半天推不开，在户外，就算人家不踢你，冻都冻坏了。而西门庆与潘金莲连日偷欢，云雨不断，身体素质是可以想象的。况且此刻刚刚云驻雨歇，心肾难交，踢出一脚能有多大威力？如果武大穿着厚棉袄，护着胸口，就算身体再差，还禁不住一脚吗？

更有个细节：武大是"大踏步"抢入茶坊的。武大身子矮，腿短，适合小碎步。关键时刻，他不走寻常路，裸了身子，赤手空拳，改成大踏步。什么原因？表壮。大踏步比小碎步看上去豪迈。

武松大踏步当然好看，但武大就不适合。武大顾面子不顾里子，又丝毫不了解什么样的表现手法适合自己。战略上，被郓哥忽悠了；战术上，又错得一塌糊涂。

大踏步不是抢入房间的有效手段，有效手段是"云飞也"跑过去，就像先前卖炊饼一样。方才还要表扬武大"跑得比谁都快"，此刻看来，连这"一个好"也没有了，金莲跑到他前头去了。

武大在屋外，绸缪已久；金莲在屋里，云行雨施。按说武大定能抢在金莲堵门之前进屋，结果，武大慢了。为什么慢了？因为武大一边大踏步，一边脱棉袄。"只见武大裸起衣裳，大踏步直抢入茶坊里来"，用"裸起"而不是"裸着"，可见武大是边走边脱的。不能早脱，因为事先猫在路边，早脱就暴露了。也不能脱了再冲进去，那就贻误了战机。所以只好大踏步，边走边脱。而金莲呢，不穿衣服，不穿鞋子，"先奔来顶住了门"。

金莲必须来顶门，可见门没闩。武大推门时，只有金莲一个人顶，西门庆是在床底下的，但武大推不开。"武大抢到房门边，用手推那房门时，那里推得开。"

为什么推不开？——因为正确方法是用脚踹。

至少也是用身体撞，而不是用手推一下，不开，再推一下。要说一个成年男人连女人的力气都比不上，是不太符合逻辑的，但白纸黑字写得分明，武大此时就是连一个房事刚完惊慌失措的女人顶住的门都无法打开。这是什么身体素质！

武大捉奸的整个过程，每一处细节都暴露出这些事实：他的战术水平一塌糊涂，对自身能力毫无认知，没有一个环节的处理不糟糕透顶。不必往后看，只看武大的架势，就可想而知。

　　武大的悲剧，并不是败在运气差，而是败在无知，败在没有头脑。如果无知仅仅是智商问题，就还没有那么糟糕。实际上，无知不仅意味着笨，还和恶有诸多牵连。

武大郎之哀（下）

或曰：武大生而丑陋愚钝，有错吗？自食其力还没有害人的心，已经难得了。

人不是天生就丑陋的。天生丑一点，没有太大妨碍。陋，是对自己的评判和认知。一个人不是因为穷才陋，是他的举动让他显得陋。愚钝不是缺点，曾参就是愚钝的人。孔子门下除了颜回，谁能比得上他呢？

愚钝和无知，是两码事。在写过的《水浒》人物里，我最同情卢俊义之妻，还有李鬼之妻，以及李忠。他们在命运面前束手无策。而武大的悲哀，与其说是命运捉弄，毋宁说是自身无能，一定要搞清楚这点。很多人活得悲惨，不是命不好，是他们从来不肯相信，自己有扭转命运的力量。他们认为自己天生就不行，处处要靠别人帮衬。这正是我要痛砭武大的原因。

别人的悲剧，是无可奈何；武大的悲剧，是无知的代价。慈悲，当是同情不幸，不是同情不智。不智离恶的渊薮很近，对不智的纵溺，有太多过失。

可悲的是，无知的人吃亏之后，往往不知道吃亏是无知的代价。反倒因为吃亏而愤怒，愤怒之下，昧了因果，产生邪见，认为吃亏全是因为老实，因为不够狠毒。

这种邪见，会侵蚀善根，让人恶毒。这时候，应该感谢他的无能，无能是对无知者的保护，无能让一切恶毒只能停留在想象里，因为他连作恶的能力都不具备。如果无知者有极强的能力，那就坏了。

很多惨剧发生后，众人往往惊讶：真看不出来，这个人平时老实得很！其实，任何凡人身上，都有许多憎恶的种子，只是没遇到极端的情况。如果没有善恶的分判，道德的持守，一旦遇到极端情况，便会无所不用其极。孔子说：小人穷斯滥矣。

《水浒》中的阳谷县是个很典型的地方，时至今日，无数小城镇和农村依然如此，太多人固守这样的观念：做人就是要横，要霸道，要有狼性，没有股子狠劲儿，只能窝囊一辈子。

武大看起来是绵羊。但那只是外在，只是因为他没有狼的本事。但他的心，一直渴望像狼那样：

你在家时，谁敢来放个屁！……

你救得我活无事了，一笔都勾，并不记怀。武二家来，亦不提起。快去赎药来救我则个！……

我的兄弟不是这等人！从来老实！

武松杀人何等手段？鸳鸯楼的残忍，再无场面可相比拟。杀潘金莲，割胸剜心，挖出五脏。这样的人，武大说他"从来老实"。武大若有本事，不知更当如何。

乡下，街上有辆小车和三轮，三轮跑得慢，小车司机着急，路窄不能超车，下来把开三轮的打了。开三轮的钥匙一拔，三轮横在路中间，说你等着，叫来呼呼啦啦一庄人，把小车掀了。小车上的人，不分男女老幼，都挨了打。小车司机又打电话，叫来自己庄上的人。

他们不问是非经过，只知道，自己兄弟老实，别人坏透了。潘金莲向武大诉苦，说武松调戏她，武大一句不问，就说武松老实。这不是了解武松，是护自家兄弟。直到现在，依然不乏妻子劝姊妹算计丈夫，丈夫劝兄弟提防妻子的事，这样的家庭，能和睦才怪。很多人觉得，为什么人家混得好，因为人家兄弟多，能打，谁也不敢欺负。路上跟人吵架了，说：你想干啥？我兄弟八个！

有这样观念的人，一辈子受穷，一辈子当武大郎。

武大因为没有狼的能力，狼性一直藏着。人的心地平常都是遮掩的，到关键时候，就袒露在外面了。什么时候关键呢？戴绿帽子时就很关键。平时永远笑眯眯的人，这时露出狰狞的面孔，一点都不足为奇：你背叛我，我要你全家的命；你偷我老婆，我杀你孩子！

武大的愤怒，是因为做了"鸭子"。用今天的话说，做了王八，戴了绿帽子。

"戴绿帽子"，是很恶毒的说法。恶毒之处不在说法，在邪见。

"她给你戴绿帽子"，从本质上讲，是不能成立的。

一个人可以决定自己的行为，但无论如何，不能决定他人。反过来也一样，没人能让你变王八，王八只是你对自己的想象。别人做了丑事，绿帽子飞你头上了，岂有此理？

但是，由于无知的人都持这种见地，它就愈发坚实，似乎出轨倒还不至太难堪，戴绿帽子才是奇耻大辱。

佛教讲，自作自受。一人造业，一人受报。共同造业，共同受报。一个人不检点，最大的报应本是落在自己头上。但之所以让另一人产生更大愤怒，正因不是出轨本身，而是另一人认为"你是我的"，我拥有你，你这样做，把我拥有的东西破坏了。

武大本可以不承担这种愤怒，一纸休书，就可以让绿帽子飞走。但是，武大不愿给，于是只能硬生生地，把本该由潘金莲承担的报应，尽数转移到自己身上。——本来是潘金莲造下的"自业"，由于武大定要把自己和潘金莲绑在一起，就变成了共业。就像潘金莲扛着摩托，本来累不着武大，但武大硬要扛起潘金莲，就被压趴了。

两人之间的感情，不是一人所有之物。把它当成自己的东西，是极大的烦恼之源。亲人反目，多是由于把共同护持的东西，当作自己独有。

《礼记》讲，"男女有别，而后夫妇有义"。我以为，"男女"，指的不是夫妇之间，而是泛指两性。你跟其他异性"有别"了，才能对伴侣"有义"。因此，婚姻不只是成全，也是约束。实际上，任何成全，背后都有约束。反过来，约束的背后，也有成全。孔子讲，"以约失之者，鲜矣"。想得到自由，就必须自律。佛家也认为，戒律是解脱的因。

一个人再有美德，再自律，也难阻止伴侣出轨。但有人可以，就是不糊涂的人。佛家讲，智慧的人有天眼通、他心通、宿命通。如果有这些本事，看一眼，就知道那个人将来会不会出轨。这当然有比喻的成分在。简单地讲，如果武大能预知自己捉奸一定会挨踢，也可以说有一点天眼通。如果武大看到潘金莲从王婆家喝酒回来，就能料到她迟早会偷情，就有他心通。如果武大知道自己对潘金莲死不放手便将命丧黄泉，就有宿命通。

揆以常理，这些都不难想到。因为事情除了往这个方向走，还能有别的可能性吗？难道武大赤手空拳去捉奸，能把西门庆五花大绑游街示众？能把西门庆痛殴一顿打翻在地？如果都不可能，他不躺着回来还能怎么回来？

有心的人，听一个人说话，看他的举止，就知道此人品性如何。功夫深的，还能知道此人先前如何，家境如何，阅历如何。没有某些阅历，有的话就说不出，有的事就做不出。孔子讲，"视其所以，观其所由，察其所安，人焉廋哉？"看武松杀潘金莲，就知道他从前一定杀过人。功夫再深点儿，还能知道此人十年后可能如何。看武松杀潘金莲，就不难想象鸳鸯楼、飞云浦。

譬如，有人半夜在朋友圈发大腿，配上挑逗的言语，则此人的过去可以想象，未来也可以推度。一个人今天的行为，绝不是出于随机，而是出于先前所做的各种事情。佛家把这叫做"行缘识"。你有过什么样的行为，造过什么样的业，就带着什么样的气质。而你的气质，又把你导向未来的道路，这叫"爱缘取，取缘有"。

如果某人贪图她半夜晒的大腿，又被她的挑逗勾引，与之交往。那么，未来承受劈腿痛苦时，应当明白这是先前自作之业。但愚痴的人不这么想，不恨自家贪著，只恨对方不淑。因为这样的见地，他下次依然会贪著，依然会遇人不淑。当他感叹所遇尽是不淑之人时，不知正是自家业力所致。

武大眼里，见不到自己的贪著，只见到潘金莲的不淑，和自己的不幸。根源上讲，正是他的贪著，将自己牢牢系缚在不幸上，把苦果愈酿愈大。要知道，你配不上的东西，从来都不可能得到。想得到，得先令自己配得上。

很多像武大一样，却没有得到潘金莲的人，如果聪明一点，就应当知道，这是自己的福分，令自己免于灾难，免于旁人的算计。但因为愚痴，他们不作如是想，反让嫉妒心生起恶毒的想法：

好一块羊肉，倒落在狗口里。

不只是《水浒》时代才如此，今天依然相当流行。

由这种粗鄙的表达和观念，引发的憎恶与仇恨，如同病毒一样蔓延肆虐。"狗口"是出于私人的想象，从这种想象里，可以窥见强烈的仇恨和忌妒。这种见地，让人对自己的无能视而不见，反而对世界生起极大的怨憎，受了这种恶见障蔽，就只能永世在畜生饿鬼地狱道流转轮回。

下愚不移，便是如此。

郓哥之佞

　　世上没有白捡的便宜。如果有，就一定是陷阱。懂得这个道理，可以避过很多险事。何九叔懂，郓哥也懂，但武大不懂。所以何九叔和郓哥躲过了血光之灾，而武大没躲过。

　　大白天的，什么事也没发生，突然碰到个有钱又体面的人找来，给你拿出十两银子。这种喜事掉到头上，意味着什么？意味着麻烦很快要来了。

　　拿别人的好处，鲜有没后患的。何九叔是官场中人，深谙这一点。所以他看到武大的尸体，立刻假装昏厥过去。假装昏厥也是个技术活，两个火家用扇板门，一路把何九叔抬回家，他一路装成不能动弹，到了家里，连老婆都瞒过了，众人走后，才踢老婆说，没事，是装的。

　　这么细的人，还差点被武松"添三四百个透明的窟窿"。

为什么呢？因为不够老实。要猾要看对象。碰见猾不过自己的人，可以糊弄过去，但万一你的段位不够，就会很惨。

武松找到何九叔，何九叔先装不知情。虽然他一切证据都备好了，但不到最后一刻，不肯贸然出示。他问武松："小人不曾与都头接风，何故反扰？"

武松不说，何九叔就揣着明白装糊涂，一直拣些闲篇扯。武松见何九叔还打算继续装下去，就"揭起衣裳，飕地掣出把尖刀来，插在桌子上"。

见了刀，何九叔才说"都头息怒"。这么干，不是有意耍猾，而是在官场混久之后的下意识动作——别人不提，你可千万别自己兜出来。

武松问奸夫是谁，何九叔说：

> 却不知是谁。小人闲听得说来，有个卖梨儿的郓哥，那小厮曾和大郎去茶坊里捉奸。这条街上，谁人不知。都头要知备细，可问郓哥。

这又是踢皮球。奸夫是西门庆，阳谷县人人皆知。何九叔知道，但他判断不了武松和西门庆谁斗得过谁，就把事往郓哥身上引。

武松拉着何九叔去郓哥家，正碰见郓哥买米回来。郓哥说了两句话，武松说了一句话。三句话，定义了什么叫高手过招。

武松没有先开口。这种场合，谁先开口谁被动，等于先亮了自己底牌。郓哥也没有先开口。本来是武松和郓哥的事，先开口的却是何九叔。而何九叔，虽然开口了，却等于没开口。他说：

"郓哥，你认得这位都头么？"

何九叔不说这是谁，甚至也不问"你认得武都头么"，只问"你认得这位都头么"。这样的开场，不够意思。不过，也是久混衙门的智慧——讲任何话，透露的信息要尽可能少。如果能绕弯，就不挑明。一旦挑明，就难免得罪人。如果何九叔直接告诉郓哥，这是武二，来问你武大的事，郓哥就会想：这人！明明是你收尸，却要把我拉扯进来！

何九叔既不明说，郓哥便不知武松对此事掌握到何种程度，那么，就极有可能像何九叔一样，先装糊涂。如果等武松亮出刀子再说，郓哥就被动了——武大间壁的几位邻居，开银铺的姚文卿、开纸马铺的赵仲铭、卖冷酒店的胡正卿、卖馉饳儿的张公，以及何九叔，还有西门庆药铺的主管，都在武松面前被动下去了。唯一的例外，是郓哥。

> 郓哥道："解大虫来时，我便认得了。你两个寻我做甚么？"

郓哥和武松，此前未搭过话，顶多在街上见过武松。换个人，就算见过，也可能先装作没见过，待到何九叔介绍，再表现出恍然大悟的样子：久仰久仰，原来打虎英雄就是您呀！

但这样太蠢。郓哥说，"解大虫来时，我便认得了"。这句回答有水平。第一，不能先提武大，别还没弄清人家来意，自己先啥都说了。第二，提"解大虫"，是恭维武松，武松喜欢提这茬，后来血溅鸳鸯楼时还要自报家门"打虎武松"，这样容易博得武松的好感。

东野圭吾《白夜行》里，警察去雪穗家，问昨天是否有人来过，雪穗母亲说没有，但雪穗已瞥见警察发现其人留下的雪糕纸，便否认了母亲的说法——既然别人已经掌握这个信息，你再装不知情，就不老实了。但也许是紧张，郓哥还是问了一句："你两个寻我做什么？"

这一问，稍露败阙。寻你做什么，你岂能不知道？郓哥甫一说出，立刻察觉到武松的杀机，便不待武松开口，先行把窗纸捅破了：

只是一件，我的老爹六十岁，没人养赡。我却难相伴你们吃官司耍。

这正是郓哥比何九叔、姚文卿高明的地方。

武松道："好兄弟！"便去身边取五两来银子，道："郓哥，你把去与老爹做盘缠，跟我来说话。"

后来，武松杀了西门庆，被押解东平府之前，还掏了十二三两银子送给郓哥的老爹。这相当于两人一年的生活费。

《水浒》里潘金莲一案，牵扯的所有人中，赢家只有一个，就是郓哥。阳谷县这种地方，如同任何的时代，任何的小城，偷情之事所在多有，只因郓哥要报复王婆，唆使武大当街捉奸，才闹得满城风雨，但郓哥最终全身而退，不仅什么都不亏，还净得了十七八两银子。

若留意琢磨，会发现，郓哥的心机也许远比我们想象得深。即便没有确凿的证据，也颇有些留白之疑：

比如，何九叔领着武松去找郓哥，刚好走到郓哥家门口，碰见郓哥买米回来，挽着柳笼栲栳 —— 分秒不差。

是巧合呢，还是郓哥有备而来呢？

武松去找何九叔时，天刚明，正是画卯时。同何九叔在酒店里坐了会儿，就去找郓哥，肯定不到中午。郓哥平常卖水果给酒店，他住的巷子不是酒店所在，怎么看，这个点也不是回来的时候。但郓哥出现了，依然挎了柳笼栲栳，但里面装的不是水果，而是新买的米。这事不一般。

前一天，"两边众邻舍看见武松回了，都吃一惊。大家捏两把汗，暗暗地说道：这番萧墙祸起了！"

阳谷县不大，这个消息，到晚上，想必已经传到郓哥耳朵里了。

武松见到郓哥，尚未开口，郓哥已开门见山："只是一件，我的老爹六十岁，没人养赡。"

武松找过许多人打听，只有郓哥，得到了钱。

郓哥有心，是牵连此案的众多人当中，唯一让武松有好感的。武松带他到饭店，第一句先说："兄弟，你虽年纪幼小，倒有养家孝顺之心。"

后来，李逵遇见李鬼，本来要杀他，只因李鬼说，家有老母无人赡养，就放了他。江湖漂泊的绿林人，纵然视人命如草芥，却也赞叹养家孝顺的人。更何况武松是孤儿，对孝悌看得极重，抓住孝，就抓住了他的软肋。

如何表现孝呢？——拎着半筐米。

或问：米跟孝有什么关系！

试想，如果郓哥拎的不是米，而是一筐猪头肉，半壶酒，武松还会给他钱吗？——看到米，就想到基本的吃饭需求，想到家中老父要赡养，瘦成这样的孩子，拎着米，比拎着水果更容易唤起恻隐心。

郓哥家里穷。但无论有钱没钱，一般人家里都有些存粮。米面这种必需品，不像蔬菜不能久放。如果谁家要常常出门买米，不用问，肯定穷得叮当响。

也许，郓哥这一天买米，这一刻在家门口碰见武松，真的只是出于巧合。但不得不说，没有另外一种可以预先安排的相遇，可以博得武松更多的同情。如果武松提前走到郓哥家里，就冲撞了乔老汉。如果武松大街上撞见郓哥，就来不及把银子给乔老汉就要去官府了。

郓哥骂人，有时候极难听。比如骂武大："我笑你只会扯我，却不咬下他左边的来。"龟蛇两将，龟在左，左边的，暗喻男子性器。但当着武松的面，郓哥一句骂人的话也没说过——除了骂王婆是老猪狗，而这种骂，又适足增加武松的好感。

武大请郓哥到酒店问话，郓哥吃饱喝足了才开口。武松请他，他说完了才吃。从几月几日说起，有条不紊，要言不烦，郓哥说完，武松就不消再找旁人求证了。

但武松还是问了一句："你这话是实了？你却不要

说谎！"

郓哥该怎么说？这样行吗？

——"小的不敢撒谎。"

——"若有一句不实，教我死无葬身之地。"

这些，都是蹩脚的小说家水平。一比，就看出《水浒》的高明。武松并不是怕郓哥说谎，武松也有能力判断真话假话，武松怕的是，纵然郓哥说的真话，到了官府，吃不住一吓，突然翻供。那就对自己大不利了。

所以，郓哥没回答是不是属实，只说："便到官府，我也只是这般说。"

武松放心了："说得是，兄弟！"

这一回的回目叫"郓哥大闹授官厅　武松斗杀西门庆"。授官厅，就是官府衙门。但你逐字读去，没有见哪一句讲郓哥如何"大闹"授官厅，所以别的本子也叫"偷骨殖何九送丧　供人头武二设祭"。但我以为，用郓哥的回目，还是更好一些。

为什么呢？因为小说有留白。不是所有的故事，都在纸面上讲得一清二楚。

第一天，知县说从长计议。当日，西门庆"使心腹人来县里许官吏银两"。第二天，知县说："武松，你休听外人挑拨你和西门庆做对头；这件事不明白，难以对理。"

所谓"外人"，明确指出西门庆是奸夫的人有谁呢？只有郓哥。

再回想郓哥"便到官府，我也只是这般说"，以及"大闹授官厅"的回目，便可以想象了。后来，武松给了郓哥老爹十几两银子，不亏。

谁说郓哥不是人才呢？

郓哥也是个苦命的小孩。因为做军，在郓州生养，所以叫郓哥。郓哥姓乔。乔本有乔迁的意思，但像郓哥这样流徙他乡的孤儿姓乔，则隐含着一重辛酸。郓哥的早慧，并不源自过人的天资，更源自从小经受太多磨难。郓哥十五六岁，老爹六十岁。连阔如《江湖丛谈》里讲，过去算命，问一个人的娶妻时间，父母年龄的差距，就可约略推知此人家境。家境殷实的人，往往十几岁就娶好了亲，家境贫困的人，往往要到中年之后才有积蓄娶。观郓哥和乔老汉年龄之差距，便可想象乔老汉少小充役，家贫晚娶之情状。

郓哥自幼失母，却知孝顺老爹。他找西门庆，原是要西门庆照顾生意。西门庆与潘金莲通奸，郓哥连日找不到他，就有好事者跟郓哥说他知道。

郓哥说："聒噪阿叔，叫我去寻得他见，赚得三五十钱养活老爹也好。"

郓哥说"聒噪阿叔"，是不晓得人家意在戏弄他。人家说："西门庆他如今刮上了卖炊饼的武大老婆，每日只在紫石街上王婆茶坊里坐地。这早晚多定正在那里。你小孩儿家，只顾撞入去不妨。"

旁观者不是好意，是恶肠。有这么一种人，看别人偷情，自己起妒意，却不敢揭发，又期待别人揭发，以解自家之恨。过去乡下，偷情通奸的人，一经发现，会处以极重的刑罚，村民对这种人恨之入骨，但这样重的嗔恨，有多少来自对败坏风规的失望，又有多少来自对别人偷了自己偷不得之物的嫉恨呢。多少浮华浪子想染指潘金莲，却被西门庆偷了，则旁人对西门庆的忌恨又何如。

虽然如此，郓哥依然答谢人家。

得了这话，谢了阿叔指教。这小猴子提了篮儿，一直望紫石街走来，径奔入茶坊里去。

"径奔入茶坊里去"，亦因连日生意无人照顾，此刻终起急迫之心。书中屡称郓哥为"小猴子"，不是说郓哥丑，而是说郓哥瘦。为什么瘦？因为穷。

郓哥见了王婆，很客气——

郓哥把篮儿放下，看着王婆道："干娘拜揖。"那婆子问道：

"郓哥，你来这里做甚么？"郓哥道："要寻大官人撰三五十钱养活老爹。"婆子道："甚么大官人？"郓哥道："干娘情知是那个，便只是他。"那个婆子道："便是大官人，也有个姓名。"郓哥道："便是两个字的。"婆子道："甚么两个字的？"郓哥道："干娘只是要作耍！我要和西门官人说句话。"望里面便走。

郓哥屡番不说西门庆的名字，也是要留出余地，若是说了，王婆面子上须不好看。但王婆装作不懂，郓哥也不愿离开。

王婆道："含鸟猢狲，我屋里那得甚么西门大官人？"郓哥道："干娘，不要独吃自呵，也把些汁水与我呷一呷。我有甚么不理会得。"

我每不喜郓哥的狡诈，但读到这里，亦不能不为郓哥心酸。王婆骂他"含鸟猢狲"，他也不恼，只说，"干娘，不要独吃自呵，也把些汁水与我呷一呷"。

人不能有倨傲心。王婆和郓哥，同是挣扎在社会最底层的人，都要靠西门庆这种人赏光才能弄点汤汤水水吃。王婆得了机会，轻巧赚了些棺材本，就把郓哥不放在眼里。

婆子便骂道："你那里小猢狲，理会得甚么？"郓哥道："你正是'马蹄刀木杓里切菜，水泄不漏'。半点儿也没多落地。直要我说出来，只怕卖炊饼的哥哥发作。"那婆子吃了他这两句，道着他真病，心中大怒，喝道："含鸟猢狲！也来老娘屋里放屁辣臊！"郓哥道："我是小猢狲，你是马泊六。"

王婆起初叫他郓哥。后来叫他"小猴子""含鸟猢狲""小猢狲"，骂到第四次，郓哥忍不住了，至此，两人开撕。

那婆子揪住郓哥，凿上两个栗暴。郓哥叫道："做甚么便打我？"婆子骂道："贼猢狲，高则声，大耳刮子打出你去！"郓哥道："老咬虫，没事得便打我！"这婆子一头叉，一头大栗暴凿，直打出街上去。雪梨篮儿也丢出去。那篮雪梨，四分五落，滚了开去。这小猴子打那虔婆不过，一头骂，一头哭，一头走，一头街上拾梨儿，指着那王婆茶坊里骂道："老咬虫！我教你不要慌！我不去说与他，不做出来不信！"

郓哥是被打哭的吗？

不是。"凿上两个栗暴"的时候，郓哥没有哭。郓哥哭，是"雪梨篮儿也丢出去，那篮雪梨，四分五落，滚了开去"。

这是养家糊口的东西，于是，对王婆的仇恨，便彻底不能消去了。

郓哥平日，大概不太吃得上肉。武大请他喝酒，郓哥说，"酒便不要添了，肉再切几块来"，先大吃了一通。

武松找何九叔时，两人进酒店，武松叫打两角酒。而找郓哥时，武松只叫过卖造三分饭。对何九叔这样的人，只叫饭不叫酒就是侮辱，但对郓哥，有白米饭就够了。

当日，武大请郓哥吃了酒饭，又给了郓哥数贯钱，郓哥临走却还拿了几个炊饼。吃酒前郓哥说"炊饼不济事"，这时又拿炊饼干吗？——带回去给老爹吃。郓哥之贫困，于此可见。

郓哥是情商非常高的人，可惜出生在穷蹙的家庭，成长在市井的环境，要费尽心机考虑如何得到一口饭。因为谋食的压力，郓哥不会太分辨是非善恶。别人告诉他西门庆在哪，是想看他的笑话，他为了谋食，就真去了。他恨王婆，也并非因为王婆不道德，只因王婆砸了他的饭碗。其实，十之八九的市井中人，对待生活便是这种态度。在我成长的小县城里，有不少人觉得，如果捡到几百块钱，那就是我的，你丢了，我捡了，钱就该属于我。

在文明程度低的地方，由于资源的匮乏，生存的艰难，许多人把钱看得特别重。为了钱，兄弟失和，父子反目，朋友绝交。孔子说，"君子谋道不谋食。耕也，馁在其中矣；学也，禄在其中矣。君子忧道不忧贫"。一个成天想着如何赚钱，如何有口饭吃的人，到头也难免受穷；而一个想着迁善改过的人，亦未必不能免于饥寒。因为谋食，因为忧贫，一个人只好把生命的绝大热情花费在如何察言观色、如何取悦他人、如何充满心机上。

在文明程度高的环境下，生存往往不需要这些，很强的沟通能力和修辞技巧，只是个别职业和岗位才需要的。对普通人来讲，只要有一样技能就足以容身。但在落后的环境里，那些变成了基本的需求。一个大城市的程序员，哪怕特别不会跟人打交道，依然可以只靠写代码就生活得很好。一旦回到老家，因为无法讨各色人的欢喜，便如同低能。于是，创造力最盛时期的年轻人，需要用太多心思学习如何敬酒，如何把话讲圆，乃至如何巧言令色。

孔子说：御人以口给，屡憎于人，不知其仁，焉用佞？《水浒》讲市井，虽然把郓哥、何九叔这样的人写得极圆熟极世故，但并没有任何夸张。若到今天的市井中去看，这等人依然不在少数。但他们中的绝大多数，依然生活得非常艰难，要为块儿八毛的蝇头小利斤斤计较，太多心力要在这等事情上徒然耗费，惜哉！

扈三娘之色

扈三娘漂亮吗？

那还用说？

这是很多人的第一反应。但仔细推敲《水浒》文本，就会发现这点很值得商量。

许多东西，只是修辞。《红楼梦》里说林黛玉，"两弯似蹙非蹙罥烟眉，一双似喜非喜含情目"，那到底是什么？

再高明的摄影师，都拍不出一个符合标准答案的罥烟眉、含情目。假如真有林黛玉，让她站在一百个美女当中，我们凭《红楼梦》的描写是选不出的，我们可能更倾向于凭陈晓旭的长相来选。

要想让一个人物更接近真实的面目，需要把文本里的形容词、副词去掉，留下动词、名词；需要透过措辞，从逻辑上推敲人物关系，才能避免主观意见带来的偏差。

扈三娘出场前，先在别人口中出现过两次：

西边有个扈家庄，庄主扈太公，有个儿子唤做飞天虎扈成，也十分了得。惟有一个女儿最英雄，名唤一丈青扈三娘。使两口日月双刀，马上如法了得。

…………

他庄上别的不打紧，只有一个女将，唤做一丈青扈三娘，使两口日月刀，好生了得。却是祝家庄第三子祝彪定为妻室，早晚要娶。

"惟有一个女儿最英雄"，什么意思？男人跟她比起来都是狗熊。一个庄上，没有一个男人能打过她，说这女人漂亮，我怎么有点不太相信呢？

我们看扈三娘第一次出场是怎么惊艳的：

一丈青纵马赶上，把右手刀挂了，轻舒猿臂，将王矮虎提离雕鞍，活捉去了。

"轻舒猿臂"，抓起王矮虎就跑。

王矮虎可是一个人啊，虽然人家个头矮，但是人家密度大，也是练家子，肌肉不是松松垮垮的。这种男人，你提一个试试?

谁最早看出这里有问题呢?

金圣叹。金大才子看到这儿,皱皱眉头,心想:怎么能把形容糙老爷们儿的词用到扈姑娘身上?提起笔,蘸上墨,把"猿臂"改成了"粉臂",你去看贯华堂本的《水浒》,和别的本子一比,就知道这里是金圣叹改过的。

金圣叹,看到《水浒》不合他意的地方就改。改完之后,换一种颜色的笔评几句:哎呀,这个地方好,你们看的版本都错了。

改完"猿臂",金圣叹觉得"提离雕鞍"也有问题,还是改变不了扈三娘举重高手的本色,于是大笔一圈,改成"提脱雕鞍",意思是,扈三娘只是把王矮虎从马上拽下来,并没有抓跑。

问题是,不把王矮虎抓跑,王矮虎是怎么被活捉的呢?拽下马,他就自动跟着你跑了?

这个坑,金圣叹也没辙。

有人讲,扈三娘要不漂亮,王矮虎怎么会上前迎战呢?

这就是不懂什么叫"好色"。看见漂亮女人心动,那不叫好色,正常人不都这样吗?宋玉写过一篇文章,《登徒子好色赋》。登徒子对楚王说宋玉好色,让楚王不要允许宋玉出入后宫。楚王问宋玉是不是这回事,宋玉说,大王,我跟你讲，我隔壁有个姑娘多么漂亮，她天天爬到墙头上偷窥我，偷窥了三年，我还没接受她。登徒子呢，登徒子老婆"蓬头挛耳，龋唇历齿，旁行踽偻，又疥且痔"——"痔"大概是宋玉的想象了——而登徒子居然非常喜欢她，跟她生了五个孩子，大王你说谁更好色？

《水浒》小说里，王矮虎根本不是看见扈三娘漂亮才上前迎战的，那是电视剧。原文如下：

只见这王矮虎是个好色之徒，听得说是个女将，指望一合便捉得过来。当时喊了一声，骤马向前，挺手中枪便出迎敌一丈青。

为什么说王矮虎好色？听说是个女的，他就去了，跑得比谁都快。根本不问长什么样。

其实，当时离得老远，又披甲戴盔，是男是女根本看不清。所以，小说才在扈三娘出场之前安排两段关于她的说法，让人知道来的就是扈三娘。

后来，林冲抓住了扈三娘，宋江连夜派人把她送上梁山。

且说宋江收回大队人马，到村口下了寨栅。先教将一丈青过来，唤二十个老成的小喽啰，着四个头领，骑四匹快马，把一丈青拴了双手，也骑一匹马，"连夜与我送上梁山泊去，交与我父亲宋太公收管，便来回话。待我回山寨，自有发落"。众头领都只道宋江自要这个女子，尽皆小心送去。

这里很有意思。大家都以为，宋江看上这个女的了，想自己要。

但这是不符合宋江身份的。

宋江跟梁山泊上其他人不一样，其他人除了燕青那种，基本都是糙老爷们儿，宋江不是，宋江从小不仅耍枪弄棒，还舞文弄墨。

原文说，"众头领都只道宋江自要这个女子"。"都只道"，这三个字，就是作者在提醒读者，众头领都想错了。众头领想错，是必然的，他们都是绿林出身，不晓得宋江看女人还是挑长相的。

虽然想错，但是他们并不吱声，只有一个人吱声了。这人是李逵。

李逵进了扈家庄，把扈太公一门老幼，尽数杀了，只跑了扈成，又把庄院门一把火烧了。

宋江喝道："你这厮，谁叫你去来！你也须知扈成前日牵牛担酒，前来投降了。如何不听得我的言语，擅自去杀他一家，故违了我的将令？"李逵道："你便忘记了，我须不忘记！那厮前日教那个鸟婆娘赶着哥哥要杀，你今却又做人情。你又不曾和他妹子成亲，便又思量阿舅丈人！"宋江喝道："你这铁牛，休得胡说！我如何肯要这妇人！我自有个处置。你这黑厮拿得活的有几个？"

宋江这一次，真的是怒了。从前在浔阳江，宋江见到李逵，李逵也是出言不逊，宋江都无所谓。宋江知道李逵不会说话。但这一次宋江发怒，是因为李逵看低了他的口味。

宋江说："我如何肯要这妇人！"

注意这个"肯"字。宋江如果想要，又想装作并不想要的样子，他会说，"我如何想要这妇人"。现在，宋江说的是，"我如何肯要这妇人！"意思是，白送我都不要啊。

宋江很坏，也很滑头。好的东西，他一定自己留着。自己看不上，不稀罕的东西，才会给人家，还要包装了给人家，让人家以为他慷慨大方。

刚捉住扈三娘时，宋江就想好了要把她送出去，他要先把扈三娘送上梁山包装，好让送出去的礼更隆重一些。

等到宋江命一丈青与王矮虎作配时，"众头领都称赞宋公明仁德之事"。这不是假称赞，是真称赞。宋江之所以要让扈三娘拜宋太公为义父，拜自己为义兄，就是想给扈三娘一个高的估值，再转手赠给别人。

但李逵质疑的时候，他情急之下，不小心说了实话。就像投资人投资一个项目，把它包装宣传得天花乱坠，不一定是真的想要，更有可能是想找个接盘的。当别人怀疑他的投资品位的时候，他就露马脚了。

宋江为什么不想要扈三娘呢？宋江不好色吗？

当然不是。元稹写过两句诗：曾经沧海难为水，除却巫山不是云。关键是，要看看宋江以前消受的是什么标准。

这么讲，有物化女性的嫌疑。只是《水浒》这部书，本身就把女性物化得很严重，聊《水浒》也难免，祈请读者谅解。

宋江上山前，遇到的女性是阎婆惜。阎婆惜跟扈三娘可不一样：

> 那一个行院不爱他。有几个上行首要问我过房几次，我不肯。……"星眼浑如点漆，酥胸真似截肪。"

点漆，黑溜溜的眼睛。截肪，白莹莹的胸。

对这样的女人，宋江是怎么个相处法呢？

> 初时宋江夜夜与婆惜一处歇卧。向后渐渐来得慢了。

为啥慢了？体力不支了呗。但是《水浒》，明面上，是把宋江当好汉写，就要替宋江讳言几句。书上说：

　　却是为何？原来宋江是个好汉，只爱学使枪棒，于女色上不十分要紧。这阎婆惜水也似后生，况兼十八九岁，正在妙龄之际，因此宋江不中那婆娘意。

"只爱学使枪棒"这句，真是高级黑。哪个正儿八经的好汉枪棒功夫不行？哪个好汉连十八九岁的姑娘都吃不消？

　　没有。但宋江就是这样，他就是不行，吃不消。所以，书上不说他"能使枪棒"，却说他"爱学使枪棒"——《论语》里有一句话说得好："非曰能之，愿学焉。"人家宋江就是：不敢说我能，但我愿学呀。

　　连阎婆惜都吃不消，扈三娘他能消化吗？

李师师之想

　　饱暖思淫欲。宋江对女色的向往和追求，在梁山泊英雄排座次之后很快暴露了。就在排座次那一回的末尾，还来不及等到下一回，宋江的心思就活络了。

　　宋江教把这碗灯点在晁天王孝堂内。次日，对众头领说道："我生长在山东，不曾到京师。闻知今上大张灯火，与民同乐，庆赏元宵。自冬至后，便造起灯，至今才完。我如今要和几个兄弟，私去看灯一遭便回。"……众人苦谏不住，宋江坚执要行。不争宋江要去看灯，有分教：舞榭歌台，翻为瓦砾之场；柳陌花街，变作战争之地。

　　前一天晚上刚纪念过晁天王，第二天就提出要看灯，可见，宋江心里想看灯不是一天两天了。《水浒》的作者，紧跟着排座次就安排看灯，实在大有深意。在宋词的语境里，看灯不是看灯，而是看男女。人不是禽兽，要有礼，看男女不能直接说看男女，而要说看灯。这种例子，在宋朝是很多的。

欧阳修词曰："去年元夜时，花市灯如昼。月上柳梢头，人约黄昏后。"

辛弃疾词曰："凤箫声动，玉壶光转，一夜鱼龙舞。……众里寻他千百度，蓦然回首，那人却在灯火阑珊处。"

这些，讲的都是看灯。所以，宋江为什么那么着急看灯，就很清楚了。

"众人苦谏不住，宋江坚执要行"，结果是什么呢？"舞榭歌台，翻为瓦砾之场；柳陌花街，变作战争之地。"提到东京，不提别的，单提"舞榭歌台，柳陌花街"，这一层暗线，是不该错过的。

小时候读《水浒》，一直以为，宋江去东京，是想找个机会求招安，上达天听。想见李师师，是想曲线见到皇帝，办正事。后来才明白，宋江眼中的正事，和小朋友心里想的正事，实在是两码事。

"招安"和"看灯"，说起来，好像是两件事。表面上，宋江是为了"招安"才去"看灯"，实际上，宋江是为了"看灯"才想"招安"。

宋江去东京看灯，不知东京风景如何？书上写道：

金明池上三春柳，小苑城边四季花。……黎庶尽歌丰稔曲，娇娥齐唱太平词。坐香车佳人仕女，荡金鞭公子王孙。天街上尽列珠玑，小巷内遍盈罗绮，霭霭祥云笼紫阁，融融瑞气罩楼台。

这段骈文，是柳永《望海潮》的檃栝。其中，"天街上尽列珠玑，小巷内遍盈罗绮"，是柳词"市列珠玑，户盈罗绮"的夺胎。柳词写钱塘之繁华，"有三秋桂子，十里荷花。羌管弄晴，菱歌泛夜，嬉嬉钓叟莲娃"。传说，金兵本来不打算挥戈南下，读到柳词，欣然有慕于"三秋桂子，十里荷花"，遂起投鞭渡江之志。这段传说，不一定是真的；但这段传说之所以流传广泛，就表示，这里面逗露出的心情，不一定是假的。

"天街上尽列珠玑，小巷内遍盈罗绮"，什么叫"天街"、什么叫"小巷"呢？上文早有暗示："宋江坚执要行，……柳陌花街，变作战争之地。"那这里的"尽列珠玑""遍盈罗绮"，也就是柳词里的"三秋桂子，十里荷花"了。

小时候读《水浒》，总觉得宋江很蠢——在梁山泊，大块吃肉，大碗喝酒，有山有水，有好兄弟，难道不快活吗？何必招安呢？殊不知，梁山再好，终无"三秋桂子、十里荷花、嬉嬉钓叟莲娃"。

有酒有肉，对李逵这种人，够了。有扈三娘，对王英这种人，也够了。但对宋江这种消受过阎婆惜的人，"燕雀安知鸿鹄之志哉"？

宋江游东京，不能没有陪护，保镖护驾的工作是必要的。但人又不宜去多，人多不好行动，容易出事。所以宋江只点了四拨人，每拨两位。宋江自己只与柴进一路。为什么是柴进呢？因为柴进是富二代，吃喝玩乐的事，他在行。《水浒》里有两个著名的"大官人"——西门庆叫西门大官人，柴进叫柴大官人。由此就可看出，排座次后，梁山的阶层就开始分化了。

李逵是宋江的心腹，但碰到要看灯的时候，宋江偏偏不带他。因为李逵不懂看灯是怎么回事。一旦让李逵知道他的生活和宋江决然不同，明白人生的追求绝非止于喝酒吃肉，事情就坏了，梁山泊的稳定势必受到威胁，"替天行道"的杏黄大旗也有吹折之忧，所以，宋江不让李逵去。

李逵便道："说东京好灯，我也要去走一遭。"宋江道："你如何去得？"李逵守死要去，那里执拗得他住。

后来没办法，只能派燕青跟着李逵。燕青也是懂得富贵的人，他从小是被卢俊义养大的。而且燕青有个特点，他对女色没有兴趣。所以派他跟着李逵最合适。

柴进和燕青，两人先进东京。他俩进城，干的事自然和宋江不同。他们麻翻了一位王班直，换了官服，直入东华门，闯进睿思殿，把"山东宋江"四个字御书割了取走。这是很愚蠢的做法，逞英雄而不顾后果。不得不说，梁山好汉的智商绝大多数都是这个水平。这也是为什么梁山泊里宋江这种小押司都能成为渠魁，吴用这样的秀才都能成为学究。而柴进，一个贵胄出身的人却散尽千金至于落草，正因为他们做事经常不经过大脑。

人说"少不看水浒"，其实《水浒》偏宜小孩读。大人读，就难免看到"忠"字背后的伪，"义"字背后的恶。

到正月十四晚，宋江引了几人入城看灯，"宋江、柴进扮作闲凉官，戴宗扮作承局，燕青扮为小闲，只留李逵看房"。——这种安排很有意思，四个人花天酒地看灯去了，留李逵在旅店看房。

宋江他们四人到了东京城中，直奔哪里呢？

四个转过御街，见两行都是烟月牌。来到中间，见一家外悬青布幕，里挂斑竹帘，两边尽是碧纱窗，外挂两面牌，牌上各有五个字，写道："歌舞神仙女，风流花月魁。"宋江见了，便入茶坊里来吃茶。问茶博士道："前面角妓是谁家？"茶博士道："这是东京上厅行首，唤做李师师。间壁便是赵元奴家。"宋江道："莫不是和今上打得热的？"茶博士道："不可高声，耳目觉近。"

那个时代还没有互联网，也没有电视机。讯息十分不发达。孙立反叛了登州府，离得不远的祝家庄里孙立的老同学栾廷玉根本不知道。而宋江身在山东，却连东京城里天子和哪家角妓打得火热都一清二楚。真可谓"处江湖之远则忧其君"。

宋江坐在茶舍，望见风流花月魁，就唤燕青："我要见李师师一面，暗里取事。你可生个宛曲入去，我在此间吃茶等你。"

见到李师师，宋江很会讲话："山僻之客，孤陋寡闻，得睹花容，生平幸甚。"

我们应该还记得，李逵以为宋江想要扈三娘时，宋江是何等羞怒："你这铁牛，休得胡说！我如何肯要这妇人！"

同样是女人，在宋江面前，待遇竟有如此不同。

见了李师师，先喝茶：

不必说那盏茶的香味，细欺雀舌，香胜龙涎。茶罢，收了盏托，欲叙行藏。只见奶子来报："官家来到后面。"李师师道：

"其实不敢相留。来日驾幸上清宫，必然不来。却请诸位到此，少叙三杯，以洗泥尘。"

这一段大有深意。试想，宋江第一次来见李师师，就碰见"官家来到后面"，岂不稀奇？官家早不来，晚不来，喝茶的时候不来，"欲叙行藏"，他就来了，怎么这么巧呢？

这就需要知道《水浒》笔法的含蓄。"欲叙行藏"，翻译成今天的话，就是"要办正事"。刚才喝茶喝了半天，有多少正事谈不完？但直到喝完了茶，宋江才提出谈正事，可见，此正事非彼正事——宋江想办正事，奶子闯进来说：不行，老板来了。

须知，李师师这样和官家打得火热的人，任是再多的金子，岂容你有非分之想？陪喝口茶也就到头了。当然，除非人家李师师自己乐意。但宋江长成什么样子，不需多说了。他不是燕青，没有雪也似的白肉，没有浑身的刺绣。官家这时候不来，什么时候来？

宋江当然老大的不快，只好"喏喏连声，带了三人便行"。但行藏未叙，岂能善罢甘休，于是——

出得李师师门来，与柴进道："今上两个表子，一个李师师，一个赵元奴。虽然见了李师师，何不再去赵元奴家走一遭？"宋江径到茶坊间壁，揭起帘幕。

这话说得真有意思。既然见了李师师，何必再去赵元奴家走一遭？故知真正的意思恰好反过来——在李师师这儿正事没办成，唯有再去赵元奴家走一遭。

这次，宋江已等不及让燕青先行探问了，他自己跑到前头亲自伸手揭开了帘幕。那时候，请客吃饭，一桌酒席一两银子也就到头了。但宋江很土豪，舍得出一百两银子。不过，隔壁的赵婆见多识广，一看宋江这样子，就清楚了他的来意，直接拒绝了。

赵婆道："恰恨我女儿没缘，不快在床，出来相见不得。"

宋江没办法，只能悻悻地回去了。

好在李师师说了，明天还可以来。这句话也许是客套，李师师大概想，宋江已经花了这么多钱，又不满意，下次估计不会再来了。岂料宋江有的是钱，第二天又来了，还带了更多的钱。李师师就不好意思了："员外识荆之初，何故以厚礼见赐？却之不恭，受之太过。"

李师师是见过世面的人，但宋江的礼，仍然让她觉得太大了。这种反应让宋江很高兴，他说："山僻村野，绝无罕物。但送些小微物，表情而已，何劳花魁娘子致谢。"

一个人要彰显自信，最好是在别人惊讶的地方，表示这是小意思。几杯酒下肚，宋江又提这茬：

"在下山乡，虽有贯伯浮财，未曾见此富贵。花魁风流蕴藉，名播寰宇。求见一面，如登天之难。何况促膝笑谈，亲赐杯酒！"

这话什么意思呢？——钱，不算富贵。能跟花魁促膝并坐，谈笑风生，这才算富贵。

宋江为什么一心想招安？梁山是不缺钱的。但梁山缺富贵，缺"笙歌归院落，灯火下楼台"。一定要到东京，跟李师师促膝谈笑，生活才算有品位。

这和其他梁山人的品位是不大一样的。不过，虽然品位不同，但男人喝多之后的表现，还是差不多的——

宋江口滑，揎拳裸袖，点点指指，把出梁山泊手段来。柴进笑道："表兄从来酒后如此，娘子勿笑。"李师师道："酒以合欢，何拘于礼。"

施耐庵下笔很含蓄，只说"把出梁山泊手段来"。梁山泊是靠烧杀抢掠生活的，对一个女人，"把出梁山泊手段"，是什么意思，就不言而喻了。

这让柴进有点尴尬。毕竟柴进的出身和宋江不同。但现在，宋江是领导，柴进只好赔笑解释。李师师嘴上说"何拘于礼"，心里是不高兴的。宋江已经开始动手动脚了，这么下去，马上就要出事。

前一夜，要出事的时候，救场的是奶子，她报官家来了。这一夜，要出事的时候，来了一个人，比官家还厉害，他是李逵。

宋江本来不想让李逵来东京，来了东京，第一夜看灯时又不带他，把李逵安排在客店看房。等宋江玩得差不多，回来时，李逵已经睡着了——

李逵困眼睁开，对宋江道："哥哥不带我来也罢了，既带我来，却教我看房，闷出鸟来！你们都自去快活。"宋江道："为你生性不善，面貌丑恶，不争带你入城，只恐因而惹祸。"李逵便道："则不带我去便了，何消得许多推故。几曾见我那里吓杀了别人家小的大的？"

李逵虽然经事少，但不傻。再傻的人，到这一步，都瞒他不住。宋江的所有借口都被李逵揭穿。没办法，只好说："只有明日十五日这一夜，带你入去，看罢了正灯，连夜便回。"

更过分的是，这一晚，虽然带了李逵来，却不让李逵进李师师家。

随即都到李师师家。宋江教戴宗同李逵，只在门前等。三个人入到里面大客位里。

当年在浔阳江口，宋江落魄时，戴宗、李逵是他最好的兄弟，是心腹中的心腹，手足中的手足。

梁山泊后来的衰落，看起来，是征辽国、讨方腊的缘故，其实和那些关系不大。那只是表象。大风起于青蘋之末。考其根源，从排定座次的时候，梁山的衰落就注定了。

排座次前，梁山好汉是没有阶级之分的，至少不明显。大家都是兄弟。排完之后，就不一样了，有了阶级之分，去东京看灯，有人负责玩乐，有人负责看房。

"替天行道"大旗的第一次倒掉，是因为李逵。李逵之所以砍倒杏黄旗，撕碎"替天行道"大字，正因为陪宋江去了一趟东京，对他腐化的生活作风感到触目惊心，才相信他做得出强抢民女这种事。

宋江见李师师的两个晚上，故事发生得很对称。头一天，"欲叙行藏"，官家来了，从后门来。第二天，"揎拳裸袖"，李逵来了，从前门来。其实，官家的到来是虚，只是听说，并没有亲眼看见；李逵的到来是实，他的出现阻止了宋江的"梁山泊手段"。

李逵看见宋江、柴进与李师师对坐饮酒，自肚里有五分没好气，睁圆怪眼，直瞅他三个。

李师师很高兴，终于有救场的了。听说这黑汉姓李，李师师就跟他开玩笑："我倒不打紧，辱没了太白学士。"

听起来，似乎是嘲讽李逵：人家李太白姓李，你也配姓李？不过，李逵和李太白还真有相似之处。李太白天真烂漫，李逵也天真烂漫。真正辱没斯文的，倒不是李逵，而是宋江。李师师用小杯同宋江喝酒，却赏了李逵三大钟。这让宋江不高兴了，也丢下杯子，用钟来喝。

李逵一来一去，宋江就不再方便"把出梁山泊手段"了，那样，他会觉得寒碜。宋江之所以把李逵安排在门口，一是怕李逵闹事，二是怕带了李逵这样的跟班，显得不体面。土豪不在乎钱，在乎体面，怎么才能彰显体面呢？——文化。仅仅是"贯伯浮财"还不够，还要像个文化人。

文化人的特点是，会舞文弄墨。

于是，宋江撸起袖子，作了首词。

梁山泊的文化人不多。宋江算一个。他提不起棍棒，但提得起笔。宋江的笔和吴用、萧让的笔不一样。吴用、萧让的笔，是秘书的笔，宋江的笔，是领导的笔。

宋江不常开笔，一开笔，就有命运的大转折。头一次开笔，是"敢笑黄巢不丈夫"。这种手段李逵是识不得的，但黄文炳识得，宋江就被抓了。这次，你李师师不是唱苏东坡的词吗，那好，我就来作一首：

天南地北，问乾坤何处，可容狂客？借得山东烟水寨，来买凤城春色。翠袖围香，绛绡笼雪，一笑千金值。神仙体态，薄幸如何消得！想芦叶滩头，蓼花汀畔，皓月空凝碧。六六雁行连八九，只等金鸡消息。义胆包天，忠肝盖地，四海无人识。离愁万种，醉乡一夜头白。

这首词，书上没明说词牌，应该是《念奴娇》，不过，"想芦叶滩头"一句缺了个字。

写毕，递与李师师，反复看了，不晓其意。宋江只要等他问其备细，却把心腹衷曲之事告诉。

"借得山东烟水寨，来买凤城春色。"这么直白的话，李师师难道看不懂吗？但李师师不敢看懂。——"六六雁行连八九，只等金鸡消息。"六六三十六，八九七十二，天罡加地煞，就是梁山的阵容。"只等金鸡消息"，也很有意思——《水浒》成书在明朝，据说，农民出身的朱元璋，在当皇帝之前，写过一首《咏鸡》，"三声唤出扶桑日，扫尽残星与晓月"。这里的"金鸡消息"，说白了，还是"敢笑黄巢不丈夫"那一套。

这李师师敢看懂吗？只好装作不懂。宋江就要跟她解释，事情又到了燃眉之急，这时，奶子又报："官家从地道中来至后门。"李师师忙道："不能远送，切乞恕罪。"

这次真把李师师吓坏了。上次临走，李师师说明天还可以再来。这次，只说不能远送了。

但宋江并不立刻走，他等什么？

宋江在黑地里说道："今番挫过，后次难逢。俺三个何不就此告一道招安赦书，有何不好？"柴进道："如何使得！便是应允了，后来也有翻变。"

"今番挫过，后次难逢"，这也是双关语。表面上看，宋江是怕错过圣上，其实，宋江是怕错过李师师。连柴进都知道，这时候谈招安是胡扯，宋江难道不懂吗？那他为什么还这么说呢？

其实，宋江这番话，不是要说给圣上，是要留下一句话，回头转给李逵听。——给李逵做个交代和解释。

梁山之所以衰落，看似因为朝廷，实则因为李逵。梁山干了见不得人的勾当，朝廷并非不能接纳，但李逵绝对不能容忍。宋江这次出行，生活作风已经被李逵看见了，那么，往后在李逵面前的权威就丧失了。因此，宋江装模作样，要唬唬李逵，让他以为这次出来是办公事的，不是搞腐败的。

但李逵再傻也不至于被他唬住，李逵已经怒不可遏了：

三个正在黑影里商量，却说李逵见了宋江、柴进和那美色妇人吃酒，却教他和戴宗看门，头上毛发倒竖起来，一肚子怒气正没发付处。只见杨太尉揭起帘幕，推开扇门，径走入来。见了李逵，喝问道："你这厮是谁，敢在这里？"李逵也不回应，提起把交椅，望杨太尉劈脸打来。杨太尉倒吃了一惊，措手不及，两交椅打翻地下。戴宗便来救时，那里拦当得住。李逵扯下书画来，就蜡烛上点着，东烨西烨，一面放火，香桌椅凳，打得粉碎。宋江等三个听得，赶出来看时，见黑旋风褪下半截衣裳，正在那里行凶。

柴进闯入睿思殿，割了"山东宋江"几个字，都没有耽误宋江看灯。而李逵一出场，宋江的灯就看不成了，连夜回了梁山泊。可见，真正足以颠覆梁山泊的，不是朝廷，而是李逵。不是李逵，而是宋江自己。

宋江之志，李逵之怨

在东京看灯看出了大事，宋江逃回梁山，并不和李逵一路。一出了事，宋江先跑了，把李逵扔在后面。李逵只得和燕青一道。路上找庄子借宿，太公说女儿闺房闹鬼。李逵假称会捉鬼，吃了太公的好酒好肉，提板斧去他女儿闺房，果然发现，太公女儿与人通奸。于是提板斧砍了两人的头。

这是绝佳的隐喻。前一晚，李逵闯入李师师房内，见宋江与李师师吃酒；这一晚，李逵闯入太公女儿闺房，见太公女儿与王小二通奸；场面何其相似乃尔！

李逵此番杀人，场面异常凶残。

把两个人头拴做一处。……拿起双斧，看着两个死尸，一上一下，恰似发擂的乱剁了一阵。……剁做十来段，丢在地下。

李逵杀人一般只砍头，板斧排头砍过去，就完了。这次之所以如此凶残地碎尸，是因为他想剁的不是这对奸夫淫妇，而是宋江。剁宋江，是没有由头的。所以剁别人才如此凶残。其实人家哪里是什么奸夫淫妇，无非"仲子逾里"而已。而一旦让李逵得到剁宋江的由头，他会当仁不让地把宋江砍了。这样的机会马上就会出现。

李逵之所以有如此大的怨气，是因为"狗男女"的事，在李逵天真淳朴的心地中不能容忍。李逵虽然嗜杀，但李逵不淫。李逵不淫并不是李逵没有男女之欲，只是李逵得不到，先前也没有经历过声色犬马的场合，给他充分展开想象的机会。梁山泊里像李逵这样出身的人，想得到女人只有一种办法——抢。这样的事，王英做得来，所以王英能在梁山活得快活。而李逵做不来。要想让李逵在梁山活得快活，这事就不能让李逵懂。这就是为什么宋江一万个不愿意李逵去东京看灯的缘故。但众人是兄弟，成日在一处，隐瞒得了一时，岂能隐瞒得长久？

李逵劈死太公的女儿，太公大哭，李逵骂他："打脊老牛！女儿偷了汉子，兀自要留他！"

且说李逵和燕青离了四柳村，依前上路。……于路无话。

"于路无话"四个字双关。不仅可以指一路没有什么事，还可以指一路沉闷不语。要知道，李逵是憋不住要说话的人，吴用带他去找卢俊义，让他不喝酒不说话，他说，不喝酒还行，不说话岂不憋死人了。但现在不说话了。为什么？

> ……当日天晚，两个奔到一个大庄院敲门。燕青道："俺们寻客店中歇去。"李逵道："这大户人家，却不强似客店多少！"说犹未了，庄客出来回话道："我主太公正烦恼里，你两个别处去歇。"李逵直走入去。燕青拖扯不住，直到草厅上。李逵口里叫道："过往客人，借宿一宵，打甚鸟紧！便道太公烦恼！我正要和烦恼的说话。"

李逵不是不说话，而是"正要和烦恼的说话"。正要和烦恼的说话，见出李逵之烦恼。

本来，外出住店是天经地义的事，李逵、燕青又不缺钱。李逵却执意不住店，要住人家家里。正因为前一晚在人家家里发生了一件让李逵终身难忘的事。他看见了男女之事。自己得不到的东西，别人得到了，而且是以不如礼的手段得到——若以这种手段，我李逵岂能得不到！该不该承认这种手段的正当性呢？这正是李逵之所以一路无语，之所以要和烦恼的人说话的缘由。

李逵当夜没些酒，在土炕子上翻来复去睡不着，只听得太公、太婆在里面哽哽咽咽的哭。

李逵爱酒。但李逵并不是要靠酒才能入睡。李逵亲娘被老虎吃掉的夜里，都没影响他睡觉，这一天，李逵却失眠了。

这里没有说李逵睡熟了被哭声吵醒，而是说李逵睡不着才听得见哭声。正是极有逻辑的写法。一个不该失眠的人失眠了，为什么？《诗》云："求之不得，寤寐思服。悠哉悠哉，辗转反侧。"

第二天早上，李逵要把自己的失眠归罪太公，骂他为什么深夜啼哭。太公就说，有个女儿，年方十八，被人抢了去。李逵骂道："打脊老牛！男大须婚，女大须嫁，烦恼做什么？"

这一句的意味，和前番大不同了。仅仅在一天之前，李逵还骂另一位太公："打脊老牛！女儿偷了汉子，兀自要留他！"一日之内，态度转变如此，何哉？细考李逵一路之所以不语，之所以不住客店必住庄院，又之所以辗转反侧不得入睡，消息明矣。

但太公说，女儿不是与他，是被抢了。抢人者不是别人，正是梁山泊头领宋江，和一个小后生。

李逵便叫："燕小乙哥，你来听这老儿说的话，俺哥哥原来口是心非，不是好人了也。"燕青道："大哥莫要造次，定没这事。"李逵道："他在东京兀自去李师师家去，到这里怕不做出来！"

宋江之口是心非，人人都知，唯独李逵从前不知。宋江捉得扈三娘时，虽当众说"待我回山寨，自有发落"，而众头领都只道宋江自要这个女子，可见人人都不以宋江口是心非为奇。而宋江将扈三娘配与王英时，众人大为赞叹，可见所赞叹者，不在王英娶亲，乃在宋江面对女色竟然心口如一。至若宋江之见李师师，虽李逵之天真亦不能受其欺，故知人色心发露处实难隐瞒也。

燕青却说"定没这事"。燕青一路同李逵在一起，何以知道定无此事？一者，即便有此事，也要说定无此事，因为此事不能叫李逵知道。为什么不能叫李逵知道？因为整个梁山泊上下都能接受抢女人为己用，而李逵不能。武松、鲁智深、燕青，虽然自身不近女色，但不排斥他人如此，李逵却极端排斥。二者，燕青知道，以宋江之行事，便是要抢民女，也不可能亲自动手，留下大名。李逵虽和宋江近，他对宋江的了解，又哪里有燕青深呢？

李逵不信，回到梁山，直奔忠义堂上。

睁圆怪眼，拔出大斧，先砍倒了杏黄旗，把"替天行道"四个字，扯做粉碎。众人都吃一惊。宋江喝道："黑厮又做什么！"李逵拿了双斧，抢上堂来，径奔宋江。

前一天，在东京撞见宋江与李师师；后一天，在四柳村撞见一对私通男女，是对称的写法。前一天，在四柳村砍了一对私通男女；后一天，在梁山泊上要砍宋江。又是对称的写法。

宋江听罢，便道："这般屈事，怎地得知！如何不说？"李逵道："我闲常把你做好汉，你原来却是畜生！你做得这等好事！"宋江喝道："你且听我说。我和三二千军马回来，两匹马落路时，须瞒不得众人。若还抢得一个妇人，必然只在寨里。你却去我房里搜看！"

有其理，或不必有其事。有其事，则必有其理。若无其理，宋江只需对李逵讲明其理，更不用让李逵去搜。让李逵去搜，是拿定把握李逵搜不出。

李逵道："哥哥，你说什么鸟闲话！山寨里都是你手下的人，护你的多。那里不藏过了。我当初敬你是个不贪色欲的好汉，你原正是酒色之徒。杀了阎婆惜便是小样；去东京养李师师便是大样。你不要赖，早早把女儿送还老刘，倒有个商量。你若不把女儿还他时，我早做早杀了你，晚做晚杀了你。"

刘太公并不知道和宋江一起来的是谁。而李逵咬定必是柴进。李逵之所以如此咬定，盖因与宋江同会李师师者是柴进。由此可见李逵之刻舟求剑。李逵骂柴进道："若到那里对番了之时，不怕你柴大官人，是米大官人，也吃我几斧！"

李逵的推理，动机上不假，但结果却错了。为什么呢？很简单，宋江要抢女人，不必亲自动手，更不会留下名号。刘太公仔细认了，来抢的人不是宋江。军令状已经立下了。李逵就要掉脑袋了。正因为安排这段让李逵险些掉脑袋的情节，才足以教李逵从东京带来的一身怨愤暂时平息。至此，李逵无话可说，只能服从。

试想，为何别的强盗抢民女要冒充梁山泊宋江呢？自然，抢民女的事，梁山做得不少。但为了避讳，不能提。

若提，替天行道的大旗往哪里搁？但只要从事理上考量，就知其必然不虚。

梁山泊是一个组织，一个聚落。到排座次时，已经成为一个封闭的聚落。这个聚落，以男人为基本构成单位。如果没有女人，一定极不稳定。独阳而无阴，岂可久乎？搞生产，搞建设，不是有酒有肉就完了，还得有女人。任何时代，任何社会，都是如此。只是女人虽有，不便正式出现罢了。

虽然不正式出现，又岂能没有蛛丝马迹可以推寻？当然有。梁山一百单八将，三位女将就是痕迹，是明面上的体现。两名女将行不行？不行，太少了。三人成众，至少得有三个人，才意味着多，才足以代表有女人。

像李应的家眷、乐和的娘子，这些女人是藏在幕后的。仅有她们还不行，一定要有顾大嫂、孙二娘、扈三娘这些摆在明面上的。明面上的女人需要有来历，而幕后的女人来历如何？扈三娘是怎么来的，她们就是怎么来的——扈三娘是被捆了双手送上梁山的，就是作为被强抢的女人上来的。

但这一点，和"替天行道"的宗旨大相违背。这种事只能做，不能说。宋江把扈三娘许配给王英之前，做了一个重要的举措，让扈三娘拜宋太公为义父。这一着，极为重要。扈三娘明明是抢来的，抢女人成亲，如何当得起一个"义"

字？但拜过义父就不同了。名义上的关系，就理顺了。扈三娘不是以被抢来的女人的身份和王英成亲，而是以宋江妹子的身份和王英成亲。

不过，其他头领以及无数的小喽啰抢来的女人，因为故事在幕后，也就用不着拜义父了。

李逵是什么人？心口如一的人。对他来讲，能做的事，就没有不能说的。不能说的事，就万万做不得。这就是李逵和宋江之间的矛盾，也是梁山之所以聚和之所以散的缘由。李逵是适合晁盖时代的人，却不是适合宋江时代的人。

晁盖时代，有"聚义厅"，宋江将其改为"忠义堂"。厅小，堂大。晁盖，是梁山之所以聚之因；宋江，是梁山之所以散之因。当杨雄、石秀上山时，听闻他们和偷鸡摸狗的时迁一路，晁盖立马要斩了二人。晁盖有原则。要聚，就得有原则，有底线。而宋江，丧失了原则和底线。

宋江改"聚"为"忠"——落草为寇，打家劫舍之人，岂可言忠？故知"忠"字只是装点门面。当表和里的冲突被发觉，梁山就不能不逐步走向凋零。

梁山泊有三女将。真正代表梁山泊的女性头领，不是顾大嫂，也不是孙二娘，而是扈三娘。

这一点，从扈三娘是宋太公的义女就可以看出来。宋太公的儿子是天魁星，宋太公的女儿岂不代表梁山的女人？

若深究之，为何宋太公不收顾大嫂、孙二娘为义女，单收扈三娘呢？因为她们三人的分工不同。

顾大嫂、孙二娘在上山之前就有家有口了。她们虽是女人，却犹如男人，因为她们不能解决梁山色需求的问题。而扈三娘，单单是为解决梁山的色需求而被捆绑了双手送上山的。

这就是为什么，扈三娘一定要在传说里负责貌美。就像所有的婚礼上，都会说百年好合，真的能好合百年吗？都说新人美如玉，所有的新人都美如玉吗？

因为扈三娘象征了梁山的色需求，所以她必须美。虽然她的美是宋江根本看不上的。此外，这也是文章层次感的要求。正如顾大嫂排老大，孙二娘排老二，扈三娘排老三。为什么扈三娘不能是扈二娘，孙二娘不能是孙大娘？那样就没层次感了。

为了衬托扈三娘，梁山的已婚女人必须是母大虫和母夜叉。在卦象里，扈三娘是《兑》，象征少女，象征喜悦。她的到来给梁山泊带来了喜悦。但传说中的貌美，并非真的貌美，看她只手提起男人，就可想而知。

王英，名字叫英。英是什么意思？花。王英，翻译过来就是王如花。王英果如花乎？故知《水浒》之命名，有反讽者。

扈三娘叫一丈青，也是文法。因为她的丈夫矮，所以把"一丈青"的称号给她。在《水浒》前身《大宋宣和遗事》里，"一丈青"的绰号是属于李横和燕青的，李横就是《水浒》里的张横。

扈三娘是地慧星。三娘果慧乎？李逵杀了扈家庄上上下下，包括扈太公，只跑了扈成。为何三娘还死心塌地待在梁山？很有可能，三娘是一直被欺瞒的。《水浒》虽未直说三娘有没有受欺瞒，但《水浒》说了别的——祝家庄西边是扈家庄，东边是李家庄。李家庄的李应不愿上山，后来上山了，为什么？被梁山的人乔装打扮给骗了。李家庄被骗上山的人是一家老小。而扈家庄上山的只有一位女人。要留住无冤无仇的人尚且骗他，要留住有冤有仇的人焉能不骗她？梁山杀了三娘全家，三娘尚且嫁与梁山，认梁山作父作夫，三娘果慧乎？

矮虎之英，三娘之慧，与忠义堂之"忠义"，相辅相成，相得益彰，撑起了梁山泊之门面。

说女子"秀外慧中"，慧是内在，秀是外在。梁山泊三女将，唯扈三娘当得一个"秀"字。而观其"轻舒猿臂"，知其"秀"同其"慧"，皆未可据以为实也。

饮食男女，人之大欲存焉。梁山泊不缺男人。而要维持一个聚落的正常运转，不能缺饮，不能缺食，也不能缺男女。观三位女将之来历，可知梁山泊生态结构之平衡。

第一位，顾大嫂。什么出身？卖酒出身。她负责饮。

第二位，孙二娘。什么出身？卖人肉包子出身。她丈夫叫菜园子张青。卖包子和种菜，是吃的事。她负责食。

第三位，扈三娘。什么出身？被绑上山做老婆出身。她负责色。

于此，食色的问题，都解决了。所以，梁山泊成了一个自给自足的完整聚落。

但问题是，梁山的魁首，呼保义宋江，他的色需求却不能在梁山泊内部得到满足。这就是为什么，梁山泊一定会走向崩溃。

李逵，砍死了扈三娘全家老小，要砍扈三娘的哥哥，而扈三娘的哥哥跑了。到最后，宋江成了扈三娘的哥哥。

李逵与宋江的对立，扈三娘与李师师的对立，梁山泊与汴梁城的对立，是同一种对立，也是后半部《水浒》的根本对立，是梁山好汉风流云散的必然缘由。而行迹上的招安与征讨，只不过是这种大对立下的应有之义。

卷三 · 渔樵

武松纯粹

在哪里

武松打蒋门神的时候，是不认得蒋门神的。要打一个面都没见过的人，得先回答一个问题：你凭什么打我？假如是李逵去打，这个问题就不用回答，直接拿板斧劈头砍过去就行。但是，武松需要回答这个问题。

为了回答这个问题，武松看见蒋门神躺在椅子上扇扇子的时候，没有直接打过去，也没有朝他搭话，而是溜到了不远处蒋门神开的酒店里。武松要了一碗酒，尝了一口就吐了，说不好。老板娘，也就是蒋门神的小妾，又盛了好一点的酒给武松。武松尝了一口，又吐了，说不好。小妾又盛了第三碗，这次，是把店里压箱底的酒拿出来了。要是二流的小说家讲这个故事，到这里，武松就会继续尝一口，吐掉，然后激怒老板娘，开打。但那样就俗套了。武松尝了一口，点点头：这酒有点意思。

为什么武松这一回没有再说酒难喝？这就如同武松要先回答"凭什么打你"这个问题一样，体现了武松的底线。武松是个爱喝酒的人。把正儿八经的好酒端到你面前，你说难喝——就暴露了品位。《红楼梦》里的贾母，这位对吃极为挑剔的老太太，实际上是个审美大师，好吃的，好喝的，好玩的，什么东西好，她心里都有谱。但越是有谱的人越不摆谱。相反，总是摆谱的人，一般都没有什么谱。有的穷措大什么都没见过，为了掩饰自己见识短，见了什么新奇的东西，都说这个不行，那个也不行，批评东，批评西，没有他不批评的。这样的人恰恰暴露出来既不识货又偏偏想装成识货的捉襟见肘。

武松，不能戴这顶没品位的帽子。酒是好，那就不说二话，再找别的打架由头。不能为了打一场架，把自己的品位给丢了。这就是武松。其实，在杀潘金莲的时候，武松的一举一动也处处体现品位：找来街坊四邻，每个人都拉到武大郎家里，搬好板凳招呼好坐下，土兵守着门，准备好笔墨，事情经过如何，一五一十地记下来。出去找西门庆，身上先别一把剜心尖刀。

武松的有品位体现在他杀人的时候。他没有读过什么书。实际上，一个人是不是有品位，跟他读多少书，去多少地方旅过游，没有半毛钱关系。书读得再多，不影响一个人干出龌龊的事。大学问家剽窃的事，屡见不鲜。读过书的人骂人，有时候极其恶毒，比不识字的人难听几百倍。这时候，知识往往成为一个人的遮羞布，起到的作用好比一身西装。不能看一个人穿着西装，打着领带，言必称民主自由，就以为此人有多高的操守。真不一定。

宋江的品位，比武松差得远了去了。但是宋江的学问、谈吐，方方面面都超过武松。那些方面，作为外在的装饰，适足以让宋江呈现出一副体面的模样。宋江看上去体面，是因为他内心的曲折复杂不能够光鲜地呈现在纸上。曲衷隐情，经过了文饰，再呈现出来，就是一副岸然道貌。而武松，这个通身草莽气的人，之所以举手投足之间处处体现品位，迸发出令人着迷的魅力，是有缘故的。

缘故就是，武松的每一个行为，都干净。包括武松的滥杀无辜，残忍狠辣，蛮不讲理，都干净。就算在武松做出伤天害理事情的时候，举止依然显得干净——这就是武松最令人着迷的地方。

这种干净，或者说是清白——哪怕武松做了非常不道德的事，看上去也是清清白白磊磊落落——源于武松设定了一个自己的标准和底线。武松从不逾越自己的底线。同时，又从来无视别的标准。你说武松杀了那么多无辜的人，他道德吗？滥杀无辜本来是十分不道德的事情，但在武松这里，并不显得龌龊。

武松的干净、清白源于他愿意承担一切杀业的后果，从来不逃避。杀完潘金莲、西门庆，他提着人头去官府自首，去之前还把郓哥、何九叔的事情处理好。他办事不拖泥带水，不稀里糊涂。跟武松打交道，他事事都拎得清。

《水浒》里边的人，通常犯了人命官司就跑。武松不跑。到了监牢里，该行贿赂，武松不行。打死可以，贿赂没有。按说到监牢里，给点银子钱，不破坏啥形象，连林冲都这么干。但林冲可以做，宋江可以做，武松不可以。因为武松，有一套他自己的底线。

所以，唯有武松这样的人，可以跟潘金莲唱对台戏。假如潘金莲不是武松的嫂子，是李逵、宋江、林冲的嫂子，戏就不好看。因为再没有第二个人，敢当着亲哥哥的面，说嫂子"篱牢犬不入"。别人的眼里能容沙子，武松的眼里却连灰尘都容不得。正因如此，武松极纯粹，有人说李逵纯朴，实际上李逵那是憨，是愚昧不明白事。

而一个懂得世故的人，再想纯粹，就难之又难。武松是懂的，但武松从来不做世故的事。虽然武松眼里洞若观火，但身上没有一丝一毫的妥协。在十字坡上，明知道酒里有蒙汗药，是别人要么躲了，要么当场翻脸了，但武松能沉住气。武松是，你想教训我，那我就教训你一个大的。所以，武松虽然是个杀人越货的强盗，但《水浒》里只记载他杀人，不记载他越货。在二龙山上，强盗们都不得不以越货为生，从逻辑上推断，想必武松也有过具体的操作。但是，书中要模糊处理，因为一旦写白了，武松的形象就要崩塌。

像"智取生辰纲"这种事情，断然不会发生在武松身上。坑蒙拐骗的事情，武松不干。林冲去梁山时要纳投名状，换成武松就不会。要让武松纳投名状，武松扭头就走。武松不是一个可以被别人绑架的人。武松只对自己的标准、自己的意志、自己的品位负责。除此之外，武松不对任何事负责。这就是武松之所以纯粹，之所以杀了那么多无辜的人，还可以得到宽恕和谅解的地方。因为我们都做不到那么纯粹。

为什么整部《水浒》里，最有影响力的老虎要被武松打死呢？因为这事儿拼的不是武力。李逵杀虎，靠的是武力。所以李逵打死的老虎都不算老虎，和虾蟹没有太大区别。正因为不算老虎，才能一下杀四个。武松杀老虎，只能有一次，只能有一个。而且，必须赤手空拳。景阳冈上的老虎，象征自然的神威，象征流俗都不得不畏惧的法则，对抗这种老虎，唯有最纯粹的人才可以。

长夜无酒

金圣叹

人说少不读《水浒》，我读《水浒》偏偏是在小时候。我家开店做生意，有一段空货架，我还不到十岁，往里边塞个枕头，躺着看《水浒》。就有顾客打趣问：这小孩也卖吗？

当时读的是百回本。后来也读过一百二十回本的，所谓《水浒全传》。今天流行的大体是这两种。而一百年以前，最流行的是七十回本，金圣叹评点的贯华堂本。

最近，找了这个本子来读，其中收了篇施耐庵自序，第一句就大吃一惊："人生三十而未娶，不应更娶。"但真正触动的还在后面。自序说，平时常有朋友来饮酒，不为饮酒，为聊天。但朋友不是天天来。有时候朋友散去，自己把一只秃笔，灯下戏墨。或在风雨之时，独坐枯写。久之，不必展开纸笔，也可脑中驰骋，随意发挥。"薄暮篱落之下，五更卧被之中，垂首拈带，睥目观物之际，皆有所遇矣。"读罢，深深怅触。

但不能不有疑虑。这里满满是诗人气质，而施耐庵是小说家。小说家和诗人有绝大不同。诗人触景伤情、感春悲秋，小说家却要熟谙世故、八面玲珑。

又读金圣叹评点，更是触目惊心，不意《水浒》中埋伏下这么多玄窍。王国维说，"读《水浒传》者，恕宋江之横暴而责其深险。"想到这里，我先打开《晁天王曾头市中箭》，看金圣叹如何置评。未读两页，就惊叹金圣叹实在是施耐庵的异代知己。那些曲笔深文，如不点出，恐怕没几个人能一一留意到。

但再读，就发现不对劲儿了——金圣叹实在对施耐庵太了解了，就像一个人在述说自己的过去，甚至是跟自己对谈。于是不能不去查证，果然，很多机关玄窍并不是施耐庵埋伏的，而是金圣叹故弄玄虚。他嫌施耐庵有些地方不够好，自己动笔改了，改完，却怕人家看不出好在哪儿，于是抹去痕迹，说是原作，再用评点的方式一一赞叹。真可谓"双手互搏"矣。

"双手互搏"虽然假，但发生的机缘却不能不真。周伯通是什么时候发明"双手互搏"的呢？在桃花岛被困的十几年中，百无聊赖，想出此招解闷。人不寂寞到如此地步，何以至此。于是我更疑心"薄暮篱落之下，五更卧被之中，垂首拈带"的不是施耐庵，而是金圣叹。一查，果然如此。

其实，金圣叹不必改作，只是对原本的评点就已经十分高妙了。比如评燕青与卢俊义之情，实在极好，一段话将人之相交写尽了：

"嗟乎！员外不知小乙，小乙自知员外。……或曰：人之感恩，为相知也。相知之为言我知彼，彼亦知我也。今者小乙自知员外，员外初不能知小乙，然则小乙又何感于员外而必恋恋不弃此而之他？曰：是何言哉！是何言哉！夫我之知人，是我之生平一片之心也，非将以为好也；其人而为我所知，是必其人自有其人之异常耳，而非有所赖于我也。若我知人，而望人亦知我，我将以知为之钓乎？必人知我，而后我乃知人，我将以知为之报与？夫钓之与报，是皆市井之道；以市井之道，施于相知之间，此乡党自好者之所不为也。……然则小乙今日之不忍去员外者，无他，亦以求为可知而已矣。"

意思是说，如果你爱一个人，那么，他身上必然有值得你爱的地方，哪能一定要等他爱你呢？若等他爱你了再爱他，岂不庸俗！茫茫天下，舍此人外，再也不必求他人了解自己——这就是燕青对卢俊义。纵然卢俊义不理解燕青，燕青却愿以死相报，为什么？只因在金圣叹眼里，卢俊义是霁月光风的人物。相较之下，现代诗里说什么"友情是相知，味甘境又远"，比起古人"无他，亦以求为可知而已矣"，岂不逊色远矣？

评及此处，金圣叹说："不觉为之一哭失声。哭竟，不免满引一大白。"进而读到李固，又大怒，"我欲唾之而恐污我颊，我欲杀之而恐污我刀。怒甚，又不免满引一大白。"再读到柴进，"不觉为之慷慨悲歌，增长义气。悲哉！壮哉！……感激之至，又不免满引一大白。"

满饮三大白之后，笔锋陡然一转："或曰：然则当子之读是篇也，亦既大醉矣乎？笑曰：不然，是夜大寒，童子先睡，竟无处索酒，余未尝引一白也。"

金圣叹就是这么喜欢开玩笑。以至于他给施耐庵开了个玩笑，给天下读《水浒》的人开了个玩笑。他把《水浒》悄悄改了几个字，人物情状就大异了。然后，他装模作样地批评之前的《水浒》太俗气，自己得到的"古本"才好。

别人看到的是金圣叹的才气，我看到的是金圣叹的寂寞。金圣叹是个怀旧的人："吾数岁时，在乡塾中临窗诵书，每至薄暮，书完日落，窗光苍然，如是者几年如一日也。吾至今暮窗欲暗，犹疑身在旧塾也。"憧憧往来，朋从尔思。金圣叹幼年，眷属凋伤至多。《水浒》里顾大嫂将请孙立，说自己病重临危，知他必来，金圣叹读至此，潸然泪下。

金圣叹幼年还曾读《西厢记》，其中有一句"他不偢人待怎生"，换成今天的话说，"他不理睬人家，这可如何是好！"读此一句，金圣叹废书不起，卧床不语不食者三四日。"人生自是有情痴，此恨不关风与月"，金氏之谓也。伪托的自序里，"薄暮篱落，五更被卧"，何尝不是金圣叹子身寥落的写照。

自序里，金圣叹提笔便说，"三十而未娶，不应更娶"，但他并不是三十不娶的人。二十五岁时，儿子金雍就出生了，既如此，何出此言呢？须知，一个人越是想说的话，越不便明说。更何况金圣叹这样寥落伤怀的人。若明说，自家心底曲衷，就被人家窥见了。金圣叹之所以要抹去对《水浒》的修改，谓之"古本"，非为欺世，只为求聪明人识得，求于他心相戚戚者识得。

说"三十不应更娶"，只为引出未说却重要的话。"四十而未仕，不应更仕；五十不应为家；六十不应出游。"其实，不应为家、不应出游，都是门面话，用来遮掩自家内心幽微的。真正有干系的，是"四十而未仕，不应更仕"，但也只是切边而已。金圣叹未必在乎做官，但他在乎一点，考功名能不能考到别人前头。

很遗憾，金圣叹考试不行。他一辈子最光辉的成绩，只是在童子试中拿过第一名。在科举之路上，他还没有《儒林外史》里的范进走得远。总有很多极有才华的人科举不行，比如杜甫、罗隐，还比如和金圣叹同时代的巨擘——阎若璩。阎若璩名满天下，考试却也不行。金圣叹五十一岁时，阎若璩去镇江看病，金圣叹听说，专程拜访。一谈之下，深为叹服。

金圣叹对科举的渴求与鄙薄，从一些隐微之处可以窥见。比如，他的名字叫"圣叹"，这是他自己取的，父母不会给孩子取如此不吉祥的名字。"圣叹"典出《论语》，夫子喟然叹曰，吾与点也。为什么"与点"？并非夫子真的赞同曾点志向，只是曾点的话让夫子想到曲肱饮水之乐，动了浮海居夷之思，是曾点触动了夫子的伤心处。

夫子曰：吾岂匏瓜也哉？焉能系而不食？金圣叹岂能没有仕进的想法，虽未必求仕，但不能不"求为可知也"。所以，听闻皇帝赞叹他"是古文高手，莫以时文眼看他"，金圣叹感而泣下，北向叩首。

他对时文的厌恶，对进士出身的渴望，以及渴望而求之不得的鄙弃，在评点《水浒》时往往不经意间流露了。梁山人马要攻打大名，梁中书问王太守主意，王太守说了两种办法，读及此处，金圣叹就忍不住要刺一句："看他做出一正一反两股文章，知其进士出身也。"语里满满的不屑，内中却有淡淡的失落。

他说三十不应更娶，四十不应更仕，五十不应为家，六十不应出游，却始终不说何等年纪不应更考。只说，"何以言之？用违其时，事易尽也。朝日初出，苍苍凉凉，澡头面，裹巾帻，进盘飧，嚼杨木。诸事甫毕，起问可中？中已久矣！中前如此，中后可知。一日如此，三万六千日何有？以此思忧，竟何所得乐矣"。

这样一个读书种子，却失意落魄。但他的失意并非不是好事。他身上的气质，作为诗人的一面太多，作为士大夫的一面太少。若真为官，世上只会少一个文学天才。幸而如此，后人才能在《第五才子书》的夹批里，窥见一介才子长夜无酒的孤独：

"读此语时，正值寒冬深更，灯昏酒尽，无可如何。因拍桌起立，浩叹一声，开门视天，云黑如磐也。"

水浒该从何说起

《水浒》是个老生常谈的话题。老生常谈，意味着极难谈出新意。

《红楼梦》第六十四回，林黛玉做《五美吟》，薛宝钗评价说："做诗不论何题，只要善翻古人之意。若要随人脚踪走去，纵使字句精工，已落第二义，究竟算不得好诗。"

古人喜欢咏史。但最值得题咏的史材很有限。一个王昭君，千百年来有很多人咏。杜甫"一去紫台连朔漠，独留青冢向黄昏"，十分好，而且最容易想到。王昭君之所以令人感叹哀婉，就是这种情愫。但杜甫既已开笔，别人就不能再"独留青冢向黄昏"了。

欧阳修"耳目所及尚如此，万里安能制夷狄"，说皇帝连身边的人都如此缺乏了解，哪有万里之外的远见呢。这当然没有杜甫的好，因为人们最关心的是王昭君，不是皇帝。

但杜甫既已关心过王昭君，欧阳修再关心她，就落杜甫的后尘了。他转换视角写皇帝，也能自出新意。

到后来的王安石，既不能同于杜甫，又不能同于欧阳修，他写"意态由来画不成，当时枉杀毛延寿"。单从意思上论，其实是没啥道理的。意态画不成，相貌还是能画成的。不过，他的视角又有转换，从王昭君、皇帝身上跳开，转向毛延寿，因此也能独出心裁。

到了曹雪芹，能腾挪的空间更小，只好"君王纵使轻颜色，予夺权何畀画工"。单就诗而论，水平是每况愈下的。但就难度而论，却是越来越不易。所以，懂诗的人自然也会肯定欧阳修、王安石和曹雪芹的咏昭君。因为即便让杜甫再咏昭君，他也不好开笔了。

如果要写好，一定要写别人不曾写过的东西。据说陈寅恪上课有三不讲：书上有的，他不讲；别人讲过的，他不讲；自己讲过的，也不讲。陈寅恪的话有一点夸张。你不可能讲的东西别人完全没讲过，书上完全没有，那就纯粹是开脑洞了。他这么说，是要突出这种精神。我们领会他的精神，却不能拘泥于他的字句。唯有基于旧的东西，开出新东西，才有意义。所以孔子说，温故而知新，可以为师矣。一个人有没有资格当老师，就看他能不能从旧东西里边温出新的东西来。

我高中时看《红楼梦》，还不太懂，觉得薛宝钗说的有问题。难道写东西就非得刻意跟人不一样才算好吗？现在自己写东西，就明白了，不该计较她说得对不对，而应当发掘她议论中精到的地方。越是精到的议论越容易有瑕疵，瑕疵不在于她讲得不对，而在于你换了视角和立场。如果你因为吹毛求疵而忽略了她精到的地方，就是买椟还珠了。所以禅宗说不能死在句下，"一句合头语，万劫系驴橛"。

虽然如此，谈到宝钗这段话，就不能不谈程子一句话："事之无害于义者，从俗可也。害于义，则不可从也。"

如果要故作新奇，定要跟人家不一样，为求异而求异，就是很不高级的做法。比如人家写鲁智深好，你就写鲁智深坏，人家写宋江坏，你就写宋江好。如果你真这么觉得也就罢了，如果先立一个意思，定要跟人家不同，才出发去找证据，就很俗气。虽然追求不俗，但结果只是具体的俗法跟人不一样，俗气本身则是一样的。

刻意求异很简单。凡事可以论心不论迹。哪怕形迹上再好，你说他是蛇蝎心肠，发心有问题，未尝不能找到证据。而且，只要你仔细搜，会发现，《水浒》中但凡重要的角色，好的坏的评价都有，无论你说好还是说坏，都落窠臼。仅止于好坏的区分实在太简单了。要跳出这种简单的对立，发现好和坏的牵缠，善与恶的纠葛，发现具体事迹的复杂与人心的莫测，才好看。

我不敢说做到，但不敢不向这方面努力。

迄今为止，写了这几篇：卢俊义之妻；扈三娘与李师师；石秀之恶；李忠之厚；林冲之愚，武松之慧；李鬼之妻；鲁智深之俗。（作者注：当时是2015年8月，这篇是一次讲座中所谈，潘金莲、武大郎等篇目当时还没写，部分题目现在也改了。）

其中，林冲、武松、鲁智深最难写。别人写过太多遍了，该谈的东西，别人都谈了。我的第一刀是从侦察能力入手，不写他是好是坏，只写他的业务水平，就是一个还可以的切入点。从这个切入点下手，就会发现别人不曾用过的材料和证据，林冲两段提刀寻人的事，别人似乎都不大留意，单看也没啥意思，但和武松一对比，意思就出来了。

进一步升级对比就会发现，林冲和武松有很多遭遇是类似的。林冲刺配过，武松也刺配过；林冲被押解的公差图谋害命，武松也有；林冲见过差拨、管营，他们要索贿，武松也见过差拨、管营，也要索贿；林冲去过柴进庄上，武松也去过；林冲碰见过柴进的客人，武松也碰见过。乃至林冲和鲁智深是好朋友，武松和鲁智深也是好朋友。而鲁智深在《水浒》前半部分和林冲走得近，在后半部分又和武松走得近，这种转变也很有味道。

这么一比较，就发现，林冲和武松算是《水浒》里的一段大互文，再考察两个人的出身，这一篇的思路就出来了。材料还是大家都见过用过的材料，但是，放在这个视角下铺排比较，就是我的文章新的地方。

写鲁智深要比写林冲、武松还难。因为林冲、武松是两个人的对比，这种对比和展开的视角，本身就让它有独特性。但鲁智深是单写一个人，他又不像李忠、李鬼那样是被忽略的小人物，就尤其难。

我考虑过写朱贵、公孙胜、薛永，但一直没发现他们身上有什么值得挖的地方，因为本身就故事单薄，还不像李忠那样有换一种视角关怀的点。如果写他们，就得靠开脑洞。

有一天晚上，我自己有点孤独，想到《红楼梦》里那支《寄生草》，"没缘法转眼分离乍，赤条条来去无牵挂"，很有诗意。再加上鲁智深是天孤星，本身就带个"孤"字。所以，从孤独的角度入手，写鲁智深的孤独，要比写鲁智深的乐善好施、慷慨大方有意思得多。

这未尝不是一种写法。这是托物言志，借物抒怀，是将自己的情绪赋予鲁智深。而如果鲁智深本身没有这种情绪。那么，你其实不是在写评论，而是在写诗。《寄生草》是一支曲子，是戏文，所以好。如果是一篇议论文章，就很难好看了。不同的文体承担不同的功能，不可不辨。

我仔细读了好几遍《水浒》里涉及鲁智深的文本，发现鲁智深并不孤独。虽然也可以找出一些琐碎的证据，发挥鲁智深的内心世界，但都不太站得住脚。写文章肯定是要开脑洞的。你完全不开脑洞，文章就不必写了，人家直接读《水浒》就行了。但开脑洞和释文本之间需要有微妙的平衡，不能无视书里基本的设定，不宜为求异而曲解。

有人讲《水浒》，先假定鲁智深是个坏人，他无论干什么好事，你都从心理活动中寻求另一种可能性。这种可能性虽然未必不存在，但太单薄。因为这是小说而不是史料，完全没有更多的文本来证实或证伪你的猜想。因此，这种做法欠高明。

《石秀之恶》的立意就欠高明。施蛰存写过一篇小说，说石秀暗恋潘巧云。施蛰存的是小说，虽有一两点基于文本，但主要靠开脑洞，平添了不少自己的想象。我的《石秀之恶》，从文本里发掘出一些别人未尝留意的证据，这就弥补了立意上的欠缺，能把文章做得实一点。文本中有有利的证据，也有不利的证据。对待两条最不利的证据，不能回避。一回避，文章就单薄了。哪怕它会削弱你的论点，但厚实的文章需要直面它，给出解释。我给出了我的解释，这么做了，《石秀之恶》也就有存在的价值了。

但石秀是小人物，鲁智深是大人物。写鲁智深，就绝不能照猫画虎地走这条路。写一个人好，容易；写一个人坏，也不难，但写一个人不好不坏，就很难。因为你很难在不好不坏中写出观点和立场。但实际上，很多人身上有好有坏，你单说他的好，或者单说他的坏，都很肤浅。鲁智深这个人，作者设计他的形象时，先定地把他设计得很好，乃至他不好的地方，吃肉喝酒打僧人，也是为了衬托他的好。他每次打一个好人的时候，都是在打抽象的人。

比如，五台山的僧人挨了鲁智深的打，但僧人很抽象，你不会站在僧人这边同情他。而鲁智深打一个恶人，这个恶人就很具体，比如郑屠。这样鲁智深打得就对。这就好比那句话，你会不会为了拯救全世界而杀死一个小女孩？看起来，全世界比小女孩重。其实是假象。小女孩要比全世界重，因为小女孩具体，全世界抽象。在谈到全世界的时候，你还不会把这个概念引申到每一个具体的人，但谈到小女孩的时候，第一，你知道她的年龄段，她是小孩；第二，你知道她的性别，她是女的。小、女、孩，这三个字，每一个字都会勾起你的同情，而"全世界"只是个空洞的概念。

你让一个人杀一万个抽象的人，别人不会觉得他杀了什么人，他只是在践行"杀人"这个概念。但杀一个具体的人，有血有肉的人，就非常不一样了。

既然作者设计鲁智深，就把他设计成了好人，鲁智深的好，是秃子头上的虱子，明摆着的，你还有什么说的呢？他的好，别人都嚼过了。但是，跳出这一层，这种好究竟真实不真实，为什么鲁智深被喜欢得没有任何争议？这个话题就稍微有意思了，但仍然不够。

如果《鲁智深之俗》只有前面两节，就是一篇披着《水浒》皮的鸡汤。但我进而考察，为什么鲁智深会是这么个形象？这种禅宗僧人的形象有什么渊源？它就开始渐渐摆脱鸡汤的成分，有一点味道了。我相信单讲鲁智深的人，几乎不会谈到这一层，因为他的知识结构背景和我不一样。《鲁智深之俗》谈到第三节，就慢慢有一点自己的东西了。到第四节，谈到牟宗三、熊十力，可以说是跑题了，也可以说谈到别人谈《水浒》不太留意的地方了。

《李忠之厚》比较容易写，因为李忠是个从来不被关注的小人物。没有一个人拿他当主角。我专门辟一篇文章，让李忠成为主角。一个没有本事的小人物，如果你真的站在这个小人物的角度上，去体会他的难处，就会发现，那种"不爽利""小气"，都是对他的误解。

我们往往说一个人是什么样。其实完整的说法应该是，一个人在什么样的视角下是什么样。鲁智深眼里的李忠，和周通眼里的李忠，以及李忠自身眼里的李忠，肯定是不同的。你站在周通和李忠角度上去看李忠，就会理解和同情他。站在鲁智深的角度上去看，就难免对他有偏见。世界就是这样参差不齐的。每个人不能设身处地站在别人的角度上去看问题，就会充满偏见。而读小说的人，通常是站在主角角度上，和主角同鼻孔出气，那么，就看不见小人物的可怜与可爱。我写李忠、李鬼之妻、卢俊义之妻，这三篇的独特性，都是由于"移形换位"的视角。

用这种视角看问题，会发现王伦并没有那么小气和狭隘。以杨志的视角为客观的话，王伦就并不小气。不过，阮小七评价过王伦的小气。我当时没留意，后来才发现，是个欠缺。

《李鬼之妻》不是特别满意。该发挥的地方发挥得不透，有点辜负这个话题。我主要想写李鬼家里穷，突出一对没本事的夫妻生活的窘迫，你知道她穷，会同情她，理解她的难处。对于她可能犯下的过失，也会容易宽宥。而且，夫妻之情甚笃是很值得留意的地方。一个女人嫁给这样没有本事的男人，却愿意为他戴一簇野花。家里有头饰，因为穷，不舍得戴，放在篮子最底下，结果被杀了她丈夫的人夺走。真是贫贱夫妻百事哀。

李鬼之妻也没有什么不道德的地方。我提出一个假说，李鬼之妻可能并不知道李鬼打劫的事，最主要的证据是她完全没想到李鬼的腿是被砍伤的，如果知道丈夫打劫，她就容易想到这一层。这是一个很有力的证据，但依然不能说是铁证。因为李鬼肯定天天回家，而李鬼告诉李逵自己曾经打劫成功过。不过，李鬼对李逵说的话，未必完全如实，也可能是为了维护面子才这样讲。当同时有很多可能性存在的时候，我能够做的，是提出一种可能性，而不是论断。如果论断，就会助长文章的武断和粗率。

这篇文章本来可以写得更好，可以更加发挥李鬼夫妇之情笃，以及贫贱夫妻百事哀，可惜都做得不够。这是受限于我的笔力，以及写作时间的仓促。

《卢俊义之妻》是这个系列的第一篇，也是我相当喜欢的一篇。写了整整一天，一万多字，在我的写作速度里是非常快的。

这一篇的结构，借用了唐朝诗人沈佺期的《独不见》，也叫《古意》。"卢家少妇郁金堂，海燕双栖玳瑁梁。"这两句简直是为卢俊义之妻量身定做的。既有"卢家少妇"，"海燕"的"燕"又是燕青的姓。这是很偶然的巧合。文章的结构也就依据这首诗展开。卢俊义去梁山，"十年征戍忆辽阳"，行程由夏至秋，也契合"九月寒砧催木叶"。卢俊义不思归来，"丹凤城南秋夜长"，而临走时卢夫人叮嘱他寄信，他忘在脑后，又暗合"白狼河北音书断"。

最后，"谁为含愁独不见，更教明月照流黄"，这种闺怨，正体现一个女人在命运面前的全然无力。我站在纯粹同情卢夫人的立场上，反对向来对卢夫人的批评。卢夫人最后被她丈夫亲手杀死剜心。这样一个女人并没有任何的过错。她嫁给卢俊义五年，得不到宠爱。不仅身体不被爱惜，连对丈夫的牵挂和担忧都从来不被体恤。她一生完全没有左右命运的能力，只能被命运摆布。更遗憾的是，千百年来的人，从来都是痛骂这样的女人，而不去体会她的可怜。小人物在命运面前孱弱无力，而现实中，我们都是小人物。

这篇文章我写得很激动。从早上写到晚上，写完回家，路上心绪还不能平静，以至于闯了红灯，因为根本停不下来。好在我骑的是自行车。

扈三娘篇与李师师篇的形成比较偶然。先是发现疑虑，然后去推寻，慢慢摸索出一条脉络。疑虑的起源是，梁山杀了扈三娘全家老少，扈三娘还心甘情愿待在梁山，岂不是有点傻，还是说，扈三娘受了欺瞒？

另外，有很多人怀疑，宋江要霸占扈三娘，扈三娘不从，宋江才把她给王英。我从文本里寻求依据，很快发现，这种猜测并不合理。它首先基于扈三娘貌美。但只要读细点，就能想象，不论她美不美，至少身材是不好的。而且王英并不是看见她貌美才上前，只是听说是个女的。有了这些证据，再考察宋江前后接触女人的历史，就会发现，宋江不是不好女色，是压根儿看不上扈三娘。

然后，梳理宋江和女人打交道的经历——逢阎婆惜，见李师师，种种细节，一梳理发现很多有味道的地方。只要你一个字一个字地读，往细了咂摸，味道就出来了。由此发现李逵潜意识中痛恨宋江的地方。这一点往往被读者当成笑话看，当成一出偶然和误会。但这重误会的背后，却隐藏着很重要的东西。于是，渐渐从细节上升到宏观，上升到梁山泊这个生态聚落的稳定性，从逻辑上和现实中推寻它文字背后隐去的可能，就对解释梁山命运的走向提出了一种新的思路。

目前，写了这七篇。写得越来越困难，选题越来越不好找，想翻出新意又不刻意耸人耳目很难。我想过专门写《水浒》之货币、《水浒》之地理。但《水浒》的地理很多是错的。而且网友已经发现了这些错误，如果你能给作者的错误一种合理的解释，或者能回答作者为什么犯这些错误，那就绝对值得写一篇。不过，把《水浒》的地名在地图上一一标注出，把其中舛误一一捋出来，就是很大的工作量。而且，很有可能，到最后发现，作者犯错误只是因为他对地理缺乏了解，那工作就白做了。

还有一种思路，比如，梳理《水浒》中的风物，会发现本来该在江南长的花花草草被作者写到江北了，这就能间接推断出作者的信息，但这个思路别人也想过，也很难再写出新意。

我试过研究《水浒》之货币。《水浒》并不是按照北宋的消费来写的，明朝人对北宋消费方式和物价水平的了解并不比我们多。《水浒》既不是明朝的物价，也不是北宋的物价。北宋时平常买东西是不用银两的，只用钱，送礼才用银两。但可以把《水浒》看成一个封闭的系统，只研究这个虚构的小说中的消费体系，看它是不是有合理性。

我依据一百回的文本，把每一次使用银钱的情景都记录下来。但很遗憾，还没有从中发现什么有意思的点。只知道十两银子出现的情况最多，而且宋江最喜欢给人十两银子。因此，这种材料的搜集恐怕只能作为写别的选题时的一点佐证，难以单独支撑起一篇有意思的文章。

从这将近一个月的《水浒》系列写作过程中，我自己也学到不少东西。比如，如何把一个不好也不坏的平平淡淡的人写得出彩，写出他的感情，他的有血有肉。以何种方式铺排材料，使讲述跌宕起伏，有层次感。

因为聊《水浒》，就要讲《水浒》中的故事。但你应该怎样地重复呢？有的读者知道，有的读者不知道。有的读者很熟悉，有的读者没那么熟悉，如何把握其间的平衡。需要在详略上考量。

如果一次引用文本太长，人家是听你讲《水浒》呢，还是自己读《水浒》呢？我的读者主要在手机端，如果读了六百字还在读《水浒》原文，没有读到我的观点，读者就关掉了。

所以，引用过程中哪些要略去，哪些要保留，哪些是直接引原文，哪些是简洁地概括大意，都很考验叙述水平。我在后期，有一个大体的标准，每次引用尽量不超过两百字。碰到很过瘾的章节，我很想留下，但因为和主题关联并不是特别强，又超字数太多，只好尽力删了又删。

此外，还有叙述次序的问题。《水浒》是正叙。而你是正叙、倒叙，还是插叙，都得琢磨。它们要服务于你想表达的观点和态度，服务于你展开这个故事的视角。比方说我写卢夫人，就从她第一次出场展开。写李鬼之妻，从她推门看见丈夫一瘸一拐展开。上来搞好几段议论还没涉及故事是很危险的，没有绝大功力，就要开门见山见水。

李鬼之妻临死之前，我回忆了她对丈夫说的最后一句话，回忆了她想搬去县里做些买卖的愿望，这很能突出一个普通农家女子的好，也是对夫妻情笃的渲染。李忠那篇结尾时，我没有以李忠的死收束，而将镜头回放到李忠第一次出场在街边卖膏药的场景，这就是一种不失温润的关怀。这些处理手法，都是具体的写作技巧。

之所以写《水浒白看》，也是一个热身。我比较感兴趣的话题之一是九世纪的僧人与诗人。一年多前就想写，限于条件一直不能动笔。当时写过《天人杜甫》，属于古诗鉴赏，后来写过李商隐，侧重他的情怀。如果要写诗人系列，就要不同于那两篇。要重诗人的生平、交游、仕进等诸多细节，并同他们的诗作结合起来，从诗中窥见诗人的血肉和情感。若单据诗人年谱，情感的细腻则难以表现。反之亦然。二者的结合，是难度很大的事情，因为有这个夙愿，却迟迟不能动笔，写《水浒白看》算是一种热身和练习吧。